爱情异托邦

马小盐——著

LOVE HETEROTOPIA

SPM 南方出版传媒，广东人民出版社
·广州·

图书在版编目（CIP）数据

爱情异托邦 / 马小盐著． — 广州：广东人民出版社，2019.9
ISBN 978-7-218-13753-7

Ⅰ．①爱… Ⅱ．①马… Ⅲ．①随笔—作品集—中国—当代 Ⅳ．① I267.1

中国版本图书馆 CIP 数据核字（2019）第 150266 号

AIQING YITUOBANG
爱情异托邦
马小盐 著

出 版 人：肖风华

责任编辑：刘 宇 马妮璐
责任技编：周 杰 易志华
装帧设计：UNLOOK · @广岛Alvin

出版发行：广东人民出版社
地 址：广东省广州市海珠区新港西路 204 号 2 号楼（邮政编码：510300）
电 话：（020）85716809（总编室）
传 真：（020）85716872
网 址：http://www.gdpph.com
印 刷：山东临沂新华印刷物流集团有限责任公司
开 本：787mm×1092mm 1/16
印 张：16 **字 数：**163 千
版 次：2019 年 9 月第 1 版 2019 年 9 月第 1 次印刷
定 价：52.00 元

如发现印装质量问题，影响阅读，请与出版社（020－85716808）联系调换。
售书热线：（020）85716826

写作是最繁茂的孤独、

最形单影只的共舞、最无耻的深爱。

我爱你，如同爱写作一样。

目录

CONTENTS

第三章　{ 围城内外的红男绿女 }　069

第四章　{ 爱情角逐的残酷和疯狂 }　105

第一章 —— *Chapter 1*

{爱情的千姿百态}

{ 痴情者：情爱美学中的自由民 }

有一些人以痴情为毕生的事业。文学作品中有很多这样的经典角色。曹雪芹笔下的林黛玉、歌德所书写的维特，皆属此间范例。正若我以前所说，痴情是一种精神贵族的事业，它需要懂得爱，会爱，更需要大量精致有闲的时间。

李清照的“寂寞深闺，柔肠一寸愁千缕。惜春春去。几点催花雨”，朱淑真的“好是风和日暖，输与莺莺燕燕。满院落花帘不卷，断肠芳草远”，皆是古代官宦人家的无所事事的闺中妇女的一种话语纺织。我们稍稍注意便会发觉，中国古典闺怨式词句多有“肠”字，而“肠”是线型的。所谓“柔肠”“断肠”，不过是书写者诗词里的一根纺织线罢了。农妇纺织布匹，深闺寂寞的她们纺织的却是情爱与思念。

情爱的纺织行为往往伴随着离别。思念一个远在他乡的情人，是古代深闺妇女的日常事务。古代的思念，因为时空的阻隔，才显得诗意缠绵。如今很少见到这类清丽旖旎的诗歌。台湾诗人余光中的一些作品，就可以看作现代诗人因对古典情爱的向往而吟唱的一曲曲模拟性挽歌。这类情爱现象与文学种类的消失，与人类日益高科技化的生存状态有关。河南作家刘震云就敏锐地发觉了这个现象。小说《手机》就描绘了在日渐发达的现代物质社会里，人类精神生活的严重滑坡，“当谎话与手机连在一起时，手机就成了手雷”。

常常在时尚杂志上看到一些女写手对情爱困惑的解答。毋庸置疑，这类解答大多精明到令人目瞪口呆。在这些女写手的笔下，“情爱学”已经不是“情爱学”，它早变成了“会计学”。男人已经不是男人，他们是女人的提款机、搬运工、上街的陪伴物。张爱玲的《倾城之恋》余波甚广。一些女作家的文学营养液先天性存在严重的不足，平庸的精神境界决定了她们的作品，从思想到文字皆不明白真爱为何物。

曾在某个访谈里看到一位国内作家言“中国小说比外国小说落后了一百年”。这话蓦然听起来不太悦耳，却有其事实依据。别国的作家将小说这一体裁与哲学、散文、诗歌、音乐（若博尔赫斯、卡夫卡、卡尔维诺）等早已融会贯通在一起，而我们的作家仅仅有讲故事的能力。而同样是书写特殊境遇下的情爱故事，马尔克斯在《霍乱时期的爱情》中借男主人公阿里萨父亲之口说“我对死亡感到唯一的痛苦，是没能为爱而死”，从而宣读了一种撼动人心的情爱。而被小资们捧为经典的《倾城之恋》，却是如此的市侩：白流苏与范柳原是一对这样的男女，“他不过是一个自私的男子，她不过是一个自私的女人。在这兵荒马乱的时代，个人主义者是无处容身的，可是总有地方容得下一对平凡的夫妻”。（前者的大背景是一场瘟疫，后者的大背景是一场战争。）

黑格尔在《哲学史讲演录》里提到，古希腊的自由民指的不仅仅是思想意志独立的平民阶层，还特指这个阶层的游手好闲与无所事事。因古希腊人认为，自由民参与劳作有失体面。这令我想起波德莱尔的《现代生活的画家》。波德莱尔在这一系列的文章里首次提到“现代性”“游手好闲者”这两个词汇。本雅明因此认为波德莱尔是非常特殊的现代人。在此，我并不想赞同本雅明的观点。在我看来，波德莱尔的奇特不在于他的现代性，而在于他现代性外表下的古典。他骨子里实质上流淌的是雅典时代自由民的血液。他生错了时代。正因为他的思想与时代形成了精神时差，他才能“站在大城市和资产阶级队伍的门槛上”凝视、洞悉并思索整个现代社会。

与波德莱尔、本雅明这类现代社会的思想自由民的稀缺相似，若林黛玉、维特的古典痴情者，如今已十分少见。人类被日益物化。我们斤斤计较，我们不会爱人，我们更不会不计名利地去爱。痴情者与文人在现代社会里一样面临灭绝。让我们像缅怀马尔克斯笔下的经典情圣阿里萨一样（他无怨无悔地爱了费尔米纳半个世纪），来缅怀这种不务正业、无所事事地为情生、为情死，将所有的身心皆投到爱情之中的古典情爱中的自由民。

{圣事一样的情爱}

有一种情爱，更类似于一件圣事，它能使爱者与被爱者的肉体与灵魂得到最大程度的净化。歌德所谓的“永恒之女性，引导我们上升”，指的便是爱的神圣与爱的净化。

爱的本质是一个自我完美、自我叙事的过程。很多时候，爱者在爱的过程中，不仅仅是在爱对方，恰恰相反，爱者是在被爱者的镜像里寻觅那个最为美好的“我”。古希腊神话里的美少年纳喀索斯，临水照影，幻化为一株水仙。这个故事，我们与其理解为少年的自恋，莫如理解为纳喀索斯对自然之母的爱恋。爱的本质便是这样：“我”在“你”的眼里，看到了那个最为完美的“我”。纳喀索斯在自然之眼——水中，看到了自己，而后便化为水仙，日日居住在自然的瞳仁里（我要时时看到你眼中映照出来的我，我坐在你的瞳仁里）。正若泰戈尔在诗歌《告别》中所言，“他现在是在我的瞳仁里，他现在是在我的身体里，在我的灵魂里”。

所有的情爱故事都是在情爱落幕以后，给即将消逝的情爱洒圣水、涂乳香、抹药的圣事化过程。在情爱学里，王朔的故事与琼瑶的故事没有本质的不同。只不过前者更男性化，更倾向于拐弯抹角地说一些痞子类型的暗示性情话来表达“我爱你”；后者更女性化，更倾向于直抒胸臆、赤裸裸地、无任何艺术含量地表达“我爱你”罢了。在我看来，将情爱故事圣事化的所有小说中，茨威格的小说《一个陌生女人的来信》较为成功。

当然，许多女权主义者对这部小说心怀不满。不谙风情、不懂情爱的她们发出诸如此类的评论：这样的女人太丢人啦、这样的女人太不自尊啦等。在我看来，这是另一种女权主义，女主人公对自己的所有行为能够完完全全地负责，而不是依靠男人来决定。而这篇小说中的情爱，已然不是普通的、日常经验里的情爱。它以女主人公单方的、自虐式的、圣徒化的情感，跃入了爱的神学范畴。整篇小说皆是女主人公对爱的回忆、絮叨、抱怨、赞美与聒噪，这是她一个人的《圣经》。她默默地爱了他一生。她为他生过一个孩子。为了这个孩子（另一个微型的他），她宁愿去当高级妓女。孩子死后，她的一切信念皆已倒塌。临死之前，她给她的情人写信，对他叙述她海枯石烂的爱情，叙述她因爱他，而受了多少不该承受的痛苦。她说：“所有的人都娇纵我，宠爱我，大家对我都好——只有你，只有你把我忘得干干净净，只有你，只有你从来也没认出我！”这叙述多么类似于《旧约》中无辜的约伯，在遭到家破人亡、皮肤溃烂等意外打击时对上帝的痛苦呼告：“我有什么气力使我等候？我有什么结局使我忍耐？”

爱是一种呼唤，爱需要回应。当这呼唤没有回应的时候，爱者便觉得了无生趣，生不若死。爱更需要被爱者知道“我爱你”，但爱者的羞怯阻挡了被爱者知晓的路径。陌生女人一直在情人的生日时寄给他一束白玫瑰，来暗示自己的存在。正是这白玫瑰成了挡在她面孔前面的假面，打消了情人辨别她的面孔的可能性。事实上，有生之年，她未必想要他知道，她陶醉在爱的圣徒式自虐里。临死之前，陌生女人之所以要给她的情人写信，要他知道她爱他，要他知道她的存在，无非是要对她的上帝呼告，她要完成自我情爱的圣事化，她要亲手给自己的情感涂上乳香，她想在情人的眼里铸造一个铭刻着此类碑文的、以白玫瑰代表面孔的情爱圣徒雕像：我爱你，但对你一无所求！（约伯爱上帝，但对上帝一无所求。）

我爱你，但对你一无所求，这是一种爱的境界。在一个羞于说“我爱你”更胜于羞于说“我们上床吧”的世界，这种爱已经稀少得若史前动物，事实上它已经灭绝，我们没必要借着种种极端的极权主义来指责它，我们应该赞美它。让爱仅仅是爱，让爱归还于爱，让爱回归到爱的黄金时代，而不是物质、利益、权力、名誉、婚姻等交换的筹码。

{ 性香：情爱美学的隐形符码 }

真正的情爱，是一场动用全部感官的盛宴。看、听、嗅、尝，所有的感官会不由自主地在情人的面前全部开放。而气味，那种因爱而生的气味，那种我称之为性香的味道，却是情人间相互识别的隐形符码。

宝玉说，“女儿是水做的骨头”。我认为这句话里有个形容词缺席，那便是“香”。《红楼梦》第十九回，宝玉去看黛玉，二人共卧一榻，厮闹嬉戏间，宝玉突地闻到“一股幽香，却是从黛玉袖中发出，闻之令人醉魂酥骨”。宝玉好奇地问黛玉，此为何香。黛玉答：“冬寒十月，谁带什么香呢。”宝玉为此好奇不已。其时黛玉十三四岁，正处于青春发育期。她爱宝玉的心，众所皆知。这香是因爱而生的体香，因这一回的标题便是“意绵绵静日玉生香”。中国古代一向以“玉”来指代女性的身体，“玉生香”，便是女性身体散发出来的香气。而曹雪芹在此处描写黛玉的体香（自然之香），分明是与宝钗的“冷香”（人造之香）来对比，并通过这对比来表达二者对所爱之人持有的不同态度。一个“冷”字，可以看出宝钗对宝玉的爱的模棱两可与冷淡。宝钗原本是因选妃才羁留在大观园，她的身体不会因爱而对宝玉散发出那种自然而然的、醉魂酥骨的性气味。

对于少女的性气味之美，可能没有人比德国作家帕特里克·聚斯金德更能描绘出其神奇。他的成名小说《香水》，就是这方面无与伦比的典范。男主人公格雷诺耶是一位嗅觉天才。他本人没有丝毫的气味。可他不但能辨别出各种气味，而且能嗅出最美的少女独有的隐形的迷人香气。"这少女具有影响的香味，这香味里魔幻般地包含了构成一种巨大芳香、一种香水的一切：柔和，力量，持久，多样性，惊人的、具有巨大诱惑力的美。"但在一个由味觉构筑的气味王国里，没有气味，便是身份丧失的一大标志，它等同于在直接拷问小说主人公一个古老的哲学问题：我是谁？格雷诺耶不知道他是谁。气味是他识别众生的符号（而他本人恰恰缺少这符号），香水便成了他寻找自我、肯定自我的唯一途径。

格雷诺耶在少女的性香里闻到了自己。"他所追求的是某些人的香味：即那些激起爱情的极其稀少的人的香味。"为了收集这爱情的香味，他杀死了二十六位美貌少女，而后将这香味制成了一瓶颠倒众生的性香水。这个时候，他找到了自己，并认为自己就是气味王国的上帝（我缔造了爱之香，我便缔造了爱，众生皆要爱我）。在执行绞刑时，全体民众因一滴香水的诱惑，无耻地爱上了他，集体举行了一场性狂欢。而他洒满香水的身体出现在巴黎的一处墓地后，却被一群流浪者因香气的诱惑活活蚕食。这，再次证明了少女性香的奇美。

然而，很少有文学作品描写过情爱美学中男性性香的神奇。即使有，也仅仅是用一种香水品牌或雪茄烟的气味来指代，根本不是男性的纯体味。中国女性作家的气味描绘，单调纯真得令人惊骇。卫慧的《上海宝贝》用古龙香水来指代小资男人。而张爱玲更偏好用“男子的淡巴菰气（淡巴菰气指的就是雪茄烟味）”之类的语言。相较起来，杜拉斯对男性体味的描写，更配得上情色小说大师的称谓：“他身上有一股英国香烟的味儿，还有高级香水和蜂蜜的味，再加上他皮肤兼有桑丝、榨丝和金子的味道，所以他真叫人动情。”是的，气味独特的男子更容易令女性动情。敏锐的女性，一定熟悉她爱的男子的独一无二的性气味。这是一种爱的生理本能，爱令感官敏锐若电子触摸器。我一直对金庸写出小龙女被人强奸却以为那男子就是杨过的这一细节深表不解，除非神奇万能的中华武术有使女人患鼻窦炎的危险，要不对一个天天生活在一起的人，怎么会不熟悉他的味道呢？

事实上，有的男人的性香好闻得似一首神秘的气味小夜曲。它既强悍又温柔，既丰富又多情，你想鉴定这气味的每一个乐符，却又无法将其细细剖析。因这气味如此隐秘独特，它不是香水味，亦非香烟味，它是一种纯之又纯的男性体味。一种纯粹由情爱之蜜引发出来的由肌肤、发质、汗腺、性激素等气味混合而成的神奇气味。它凭借着这独一无二的气味美，构成一种具有侵略性质的性诱惑，令所爱的女人心甘情愿地屈服，并深深地迷醉。

{柔软：情爱美学的共有经验}

在1913年的一辆从萨拉托夫至莫斯科的火车上，马雅科夫斯基为了表达自己的深情，对他身边的女伴说：“我不是男人，而是穿裤子的云。”这句话后来成为马雅科夫斯基一首长诗的标题。这短短的一句话，道出了人类处于情爱状态时的共有经验：柔软、轻盈、飘浮、蓬松。

云，聚散不定，高高在上，难以把握。但它是柔软的，正如每一个爱着的人都有一颗柔软的心。“我”爱“你”，“我”才会因“你”而柔软。看到“你”的身影，听到“你”的语音，闻到“你”的气味，整个人便变得飘忽而轻盈。纵观世界，无论种族与肤色，所有有关神的描绘皆具有诸如此类的元素：云朵、天空、飞行以及站立在云朵之上的神。这告知我们，所谓神，便是永久地处于情爱状况之中的人。

泰戈尔在一首诗里如此安放他的情爱对象：“呵，回来！让我审视，把你摄入眼底，用花绳系紧，牵入心房。从此朝朝暮暮，你安卧在我柔软的情爱之床。”聪颖的读者马上会发觉，这几句诗中，心房便是泰戈尔柔软的情爱之床。爱的柔软是心的柔软。柔软是一种温馨的情感经验，轻盈是它的同谋，坚硬是它的反义词。爱赋予人以神性，并将人神性化。艺术品在观看者那里能否引起共鸣，根本在于：这艺术品是否道出了人类共有的基本经验，是否潜藏着一颗深沉而柔软的心。

一位画家有没有爱心，可以在他的画作中看到。安格尔深爱那悬壶而倾倒的女人，于是画面中的女体从脸蛋到四肢皆闪烁着阳光照射过云层的轻柔光亮。在达利的超现实主义画作中，他的妻子加拉频频以女神的姿态出现，尤其是《波特黎加特圣母像》，达利表现得更为直接，他把加拉描绘为一位怀抱圣子的圣母。达利的画作再次告诉我们：爱一个人，便是将对方神性化的过程。颇多人喜欢达利的名作《永恒的记忆》，却无人能道出这幅画在公众间唤起共鸣的真正原因。这幅画中，三个软绵绵、黏嗒嗒、流体状的钟表，分别悬挂在赤裸的树枝、摆放在宽敞的平台上、佩戴在横躺在大地上的女性的头颅上。这流体状的时间，是达利的时间、情欲的时间、柔软的时间、神一样的时间，更是人类情爱经验中共有的时间。这样的时间，是永恒的时间。我们只要稍稍留意，便会发觉，这幅诞生于 1931 年的作品，是达利与加拉相遇两年之后的作品。这个时候，是他们情爱的蜜月期，是艺术家达利的情爱柔软期。达利所画的流体状的时间，表现的是蜜一样的时间，更是情爱中妙不可言的柔软时间。

一位作家有没有爱心，可以在他的文字里看到。一个爱心丰溢的人，即使是批评，亦不会过于严峻。譬如罗兰·巴特的批评文本，便是爱心丰溢的文本。这些文本，有着喃喃耳语式的真理，更有着令读者怦然心动的柔情。罗兰·巴特拥有一颗纤细而柔软的情爱之心。暴戾的文字，基本上是爱缺乏者所书写的文字。暴戾有一种非人的钢筋水泥般的坚硬品质。暴戾以柔软为耻，并摧毁柔软。因没有柔软之心，文字便呈现出屠刀般伤害一切的暴力。卡尔维诺一直强调文字的轻盈。轻盈，是柔软的另一面。“我”柔软，所以“我”轻盈。轻盈更是沉重的反义词。一些文字之所以沉重，是因为它对自身的确信，譬如《圣经》，譬如但丁，譬如尼采。怀疑主义者的文字，大多是天使般轻盈的文字。但文字如何轻盈，怎样轻盈，不仅仅是对话语之石的试炼，更与作者的文学修养、个人气度、是否拥有一个开放而丰溢的灵魂有着密切的关联。

而在有些艺术家的作品中，我们很难看到爱，我们看到的更多的是暴戾。画作的暴戾：波普艺术家在不停地重复自己的那张男性面孔。话语的暴戾：作家的语言中充满不容置疑的对自我的确信。这些人有过爱吗？有过柔软的情爱经验吗？如果说他们有，他们也多半爱的是他们自己（不停地重复自己的面孔与不停地重复自己的话语是自恋的同一表现）。在指斥公众庸俗的同时，艺术家需要反思的是自身是否给过公众引发共同经验的空间。画家以可见的形象之美引起公众潜意识的共鸣，作家依靠的则是语言。作家之中的作家则是诗人。诗人是话语的使徒。诗人是依靠语言来言说不可言说之物、不可言说之事、不可言说之经验的人。

与“穿裤子的云”轻盈、蓬松、飘浮的情爱状态相反，父母死于集中营的犹太诗人策兰，苦难的过量使得他对高浮于空、太过柔软温馨的情爱似乎不敢多有期望。即若如此，他亦祈求爱人以洁白之雪的柔软来款待：

你可以充满信心地
用雪来款待我：
每当我与桑树并肩
缓缓穿过夏季，
它最嫩的叶片
尖叫。

{织毛衣的精神分析}

编织起始辽远。在漫漫的人类历史上，编织先于文字而出现。结绳用于记事，结网用于捕鱼打猎，结植物叶用于遮羞蔽体。直到如今，没有人能够说清第一件用于取暖蔽体的毛衣出自谁之手，由哪一位心有七窍者编织而成。据传，毛线最早源于西方，牧羊人把羊毛剪下来揉搓、细捻、染色，而后经由无名氏的手指编织成物。19 世纪末，毛线进入中国，彼时称呼译意与英文名相混，人们称之毛冷（Woolen）。民国初期，因消费群体的激增，毛冷店在京、穗、沪三地盛行，民营毛纺厂和外资毛纺厂两相辉映，彼此竞争，以至京沪两地皆形成过毛冷一条街（专营毛线的商业区）。由此可见，彼时的编织风气盛况空前。

编织是一种使人类的身心得以舒展、重构的精神活动，类似于书写。结绳记事，便非常清晰地说明了二者的同质同源：都是人类心灵激情的产物，都用于记录当下事件，都是对人类不可靠的记忆力的一种抵抗，都形成了伟大的文明成果。编织物成为人类日常生活不可或缺的物，文字成为人类文明史上最为伟大的发明之一。女性的编织，更是一种将心情、感情、爱情编织进去的情感物化活动。对编织者而言，毛衣中的每一针、每一线、每一个花形图案，皆有它包含的文化语言。这也是言情小说家女性多于男性的根本原因。女性比男性更擅长编织情爱文字与故事，那是因为她们更懂得如何把那些爱的词汇严丝合缝地织进她们的文章肌质。

编织是一种使女性心灵归于静逸，从而在这静逸中创造出全新的精神空间的艺术活动。对于编织者而言，我编织，故我在。叶芝在诗歌里如此写道："爱恋的欢娱，赶走了爱恋。"织毛衣者沉溺在爱的欢娱里，沉溺在主体的"我在"里。这样的"在"，是静逸的在、甜蜜的在、沉思的在、遐想的在，"我"把"我在"密织进细细的线性思维之中并与编织物同体存在。

张玮玮的网络摇滚歌曲《织毛衣》，以风般的速度在这个传媒时代蹿红，歌词粗粝而伤感，宛若河岸边棱角分明的石子，无意间划伤了所有走过那河岸的人。它唤起了曾经真爱过的人们潜在深心的忧伤，更道出了真爱的过程其实是个犯傻的过程。三角之爱是爱的生物链中最折磨人的爱，在这个结构里，最终被毁灭掉的便是那个真正的犯傻之人。我们爱一个人，才会情商、智商皆低为零，毫不设防，倾心信任。为什么那么多人要去怀念初恋？那是因初恋时我们大多不谙世事，年少青涩，可不计任何后果地倾身相爱、倾心相付，而非像成年人在展开一段恋情之初，便若菜市场买卖蔬菜的大妈一般称斤掂两、唯利是图，心肺之间挂满了情爱小算盘。

基于人类生来的孤独性，语言表达的有限性，处于爱情中的人常常词不达意，互赠礼物的表达方式便因此诞生。“我”爱“你”，“我”才会赠予“你”礼物。我极尽我之所能，把我所拥有的一切献给你。爱，虽然与物质无关，但物质是表达爱的重要途径。物，是人与人之间建立关系的纽带。那些不肯赠予恋人爱的礼物的人，不是没有爱的付出能力的人，便是生性极端吝啬的人。

作为一种情爱礼物，毛衣的情爱哲学在于：它始终由一条线组成。在编织之初，它是一团线，在拆解之后，它仍旧是一团线。编织之中，它是结构主义。编织之前与之后，它是解构主义。在这缠绕的线团的起点与终点之间，恰恰是迷宫一般的情爱曲线与耗减：以一线团起头，开始缠绕、编织、捆绑、赠予，直至被拆解成一团线。在一件毛衣的生存与死亡之中，呈现的是爱的起点与终点。一件毛衣被拆解之后，那耗尽了甜蜜时间的线团成了一个零形状的空间，宛若禅语，诉说着万事万物无非是个零循环。一切起始于零，一切亦归于零。线团的形状早就告知我们，爱是个零存在。零的甜蜜，零的虚空。色即是空，爱更是空。我们织，我们织，我们没日没夜地织。我们写，我们写，我们没日没夜地写。我们害怕零时刻的到来犹如害怕死亡的到来，我们一直行走在反抗爱死亡的路上。

但，我们最终却发觉，经历过一切之后，我们能够占据的仅仅是起点与终点，我们不得不处于情爱零状态。颇多人诟病《红楼梦》后四十回是狗尾续貂，但宝玉身着红袍于雪地深拜，是对人生归零的洒然一拜。

毛衣是一个禅，生活禅。织毛衣者是没有禅悟的芸芸众生。张玮玮的歌曲《织毛衣》之所以令人伤感，是因他活生生地呈现了人类情爱的这种纠缠状态。但人类原本便是向死而生，我们来自于无，更会复归于无。但这个无，又是个多么奇妙的无啊。织过、爱过、恨过、美好过，复归于零又如何？老子曰："玄之又玄，众妙之门。"无论是"织毛衣"，还是写作，主体"我"所占有的只有丝线（词语），用来编织爱的幻觉（语言）或者拆解谎言。这个"零"里，存在着"我"所有的情爱体验、"我"所有的信念、"我"所有的美感、"我"无法言说以及可以对众生言说出来的一切。

{ 拍与自拍的精神分析 }

在一个图像为王的时代，人类的感官世界，似乎只有两个感官得到了超前的发育：一个是眼睛，它负责我们的观看；另一个是手，它负责我们日常生活中的触摸。手机族，便是将看与触摸两大感官合二为一的后现代种族。他们一边用手指触摸着屏幕，一边贪婪地浏览着海量信息。按照法国博物学家拉马克的“用进废退”学说，长此以往，手机族在未来，很可能进化得越来越像青铜纵目像（三星堆出土）：眼睛硕大而凸出，几乎占面部五官的三分之一。手指细小而柔软，呈现出肉体化触摸笔的可爱模式。

我们身处在一个完全景观化的社会。景观社会是一个“看”之过剩的社会。这样的社会里，人们不但在不停地制造各种各样的旅游景观、商业景观、建筑景观，还将各种景观影像化——电影、电视、摄影、照相，皆是景观社会中影像制造业的几大分支。自从手机由单一的通信工具，演化为附带拍照、分享、传播信息功能的智能手机，我们可以看到，每到一个旅游胜地，扛着长枪短炮——单反照相机的人们，大多孜孜不倦地忙于拍摄，而不带摄影机的人们，则举起了他们的手机，将壮丽山川、蓝天白云、高楼大厦、餐饮美食、美女长腿等世间万物，固化在小小的影像之间。人们就此忽略了现实世界的风土人情，而忙于满足自身贪婪的人性。是的，我之所以言及贪婪，是因摄影的心理本源便是一种占有：因无法将现实之物紧攥进自己的双手，从而将所看之物进行镜头化、影像化、虚拟化的浮光掠影式的占有。每一个手握镜头的男人，就此成为一位心理学意义上的富豪。此时此刻，每一个男人都是恺撒大帝，他们的镜头在自豪地宣言：我来了，我看到，我占有！

男人们忙于拍摄，忙于以影像的方式占有这个世界的同时，女人则多在自拍。我们常常可以看到，在旅游胜地、铁轨、小街巷、候机厅甚至公交车站牌之下，都有举着长长的自拍杆的女人。就此，男人的占有性拍摄与女人的自恋式自拍，形成了极为有趣的对立的两极。自拍的女人心无旁骛，她似乎对这个世界并无占有的野心，她只为她自身所着迷：她的眼睛、她的头发、她的妆容、她的胸部、她的大腿、她的玉手以及她迷人的玉足。自拍的女人是现代版的纳喀索斯，她们对镜头的迷恋，宛若古希腊神话中的纳喀索斯对水面的迷恋，她们不停地依靠“美颜”相机（纳喀索斯依靠水面的朦胧性）美化着自身的容貌，而后沉溺于这美化的、凝固的、完美的影像之中，顾影自怜、难以自拔、喜不自禁。从每一个酷爱自拍的女人身上，我们都可以寻找到水仙花神纳喀索斯那来自远古的倩影与不死的灵魂。

但仅仅将自拍视为女性的自恋，显然是一种过于单纯的看法。很多男人亦酷爱自拍，而自拍的发明人，无须多言，仍旧是男人。要知道，人是一种无法直接观看自身的生物。人类的眼睛可以让人观看到四周的一切，却无法反观人的自身。对一个人而言，他自身便是最大的盲点。古希腊哲学家言“认识你自己”，近代法国哲学家笛卡尔言“我思故我在”。我是谁？我究竟是个什么样子？这是人类一直痴迷的问题。最早的人类依靠水面反观自身，镜子的发明让人从水面中解脱出来。照相与自拍，便是现代科技对人类反观自身的一大贡献。大多数时候，我们看影像里的自己，一是为了追寻日常生活的记忆，二是为了端详那个既熟悉又陌生的过去之“我”。

当然，对于过度痴迷自拍的女性而言，自拍显然不仅仅是一种单纯的自我反观，更多的是一种精神分裂的双重之看。那么对于举着长长的自拍杆，在人群里穿梭的不停自拍的女人，该如何解释她们的行为？事实上，在男权社会里，女性是男性视野里的物，是被观看的物。基于男权社会源远流长的意识形态熏陶，女人们早早地学会以两种方式观看自身：一种是女性的方式，另一种则是男性的方式。这是一种自我观看的精神分裂。显然，手机的自拍功能，使得女性自我观看的精神分裂更为严重。女性依靠自拍以男性的方式观看自身：手机代替了理想男人，男性就此幻化为自拍杆，幻化为手机的自拍美颜功能，在凝视、在拍摄、在观看那位完美的女性之“我”。那些酷爱自拍的女性，就此以一种男性情人的目光，观看到想象中的、十全十美的“我”。我们与其称之为自拍，莫如称之为一种女性的安慰疗法。

拍与自拍，是男性与女性的区别，也是占有与自恋的区别，更是反观自身与精神分裂式观看的区别。在一个影像时代，我们人类的肉身早已成为拍与自拍的素材之一。我们不仅是“看”之饕餮，还是影像牢笼中最为欢喜的囚徒。我们，早已行驶在“看”与“回看”、拍与自拍的莫比乌斯带之上。

{ 性与爱的对立统一 }

上古神话故事《山海经》与《圣经》中人类的起源截然有别。《山海经》告诉我们一个这样的故事：泥塑家女娲在捏塑一个个泥人之后颇感厌倦，于是举起了树枝在泥潭里不停地挥舞，每一个泥点就变成一个小小的人。《圣经·创世纪》中说："神用地上的尘土造人，将生气吹在他鼻孔里，他就成了有灵的活人，名叫亚当。"为了不让亚当感觉寂寞，上帝充当起外科医生，从亚当的身体上取了一根肋骨造了人世间的第一个女人。无论是《山海经》，还是《圣经》，都告知我们同一个信息：人类源自尘土，亦将归于尘土。这是二者的共同之处。不同点在于，《山海经》强调的是母系氏族式的人类起源，《圣经》强调的则是父系氏族式的创世经验。

两则不同的神话，喻示着两种不同的文化体系：东方文化是阴性的，西方文化是阳性的。阴性文化注重建立关系与维护关系，儒家的伦理学的实质就是一部人际关系学与人情学。阳性文化则在意原创性与解决日常生活的现存问题，整个西方哲学史就是一部后来者不断推翻前人学说的历史，西方法律更是一部建立在日常经验上的约束人类日常行为的法规。但无论阴性文化还是阳性文化，两个创世故事都以神话学的造魅姿态彰显了爱之所在，却隐藏了性的实存。

《蒙田随笔集》里如此质疑："性行为把人类怎么了？这件自然、必要、正当的事怎么了？为什么弄得人们羞于谈论这件事，要把它排斥在严肃的思想讨论之外？我们有胆子说杀人、偷窃、背叛，为什么独独对这件事羞于启齿？"是的，为什么会这样呢？仅仅是因性器官是排泄器官的近邻，人们便认为它们是羞于启齿的吗？弗洛伊德在《文明及其不满》中说，"人们看到性器官总是兴奋，却从不认为性器官是美丽的"。如果说性器官是丑陋的，那么美与丑的划分标准依据的是什么？要知道，在一些非洲热带雨林部落里，性器官从来没有被认为是丑陋的。为什么有些所谓的文明人认为脸是美丽的、好看的，而下半身的性器官就是猥琐的、丑陋的？在我看来，这种美与丑的标定，其本质是一种宏观权力在个体肉身上的微观再现：白天对黑夜的权力（性生活在中古时代一直发生于黑夜）、智慧对肉身的权力（性欲完全由身体所操控而非大脑）、上对下的权力（对同一肉体，上半身显然比下半身高贵，最佳的例子是西方油画，属于上半身的女性乳房，频频以圣母哺育众生的姿态出现在各大名画里）。

汉语里，做爱与性交是两个完全不同的词汇，前者强调因爱而做，后者在强调因性而交。性是人类的动物本能，爱却不是。我们爱一个人，必然会和他去做爱。我们和一个人性交，却未必爱这个人。这就是性与爱的对立统一。一位诗人曾言：做爱，是人类模仿上帝在创世纪。我完全赞同这样的性爱观。因这样的性爱观，是建立在性与爱统一的基础之上的。爱在，性则在，创世行为亦在。爱不在，性则不在，创世行为则丧失了全部的创造、建立、构筑一个美丽新世界的意义。比起人的一生，性行为是短暂的，短暂至更像按下快门来拍摄照片。它以一种断裂的时间方式，滞留在当事人的记忆中，但无任何关于人类感官的仪器，记录下这千差万别的性体验。就目前来讲，能记录人类不同性体验的仅仅是文字，敢于书写个人感官经验的作家的文字。人类个体性体验的千差万别，使得《生命不能承受之轻》里的男主人公托马斯承受着所爱之人无法承受的妒意之重，以自己的阳具为手术刀，以自己的身体为性学专家的调研表，去研究各类女性迥然有异的有趣躯体。

爱是永恒的乌托邦，性是短暂的庇护所。如果说性是一帧帧照片，那么爱更像是一场电影。它精巧、细腻、唯美、宏大，且具有一个故事的时间感与历史感：开头、发展、高潮与结局。所有的艺术品都在追求存在的恒久：绘画、音乐、舞蹈、诗歌、小说，皆是艺术家为了证明“我存在过”的不朽之物。爱亦如此。爱是一件艺术品。爱乞求时间的驻留。无论是东方式情爱中的梁山伯与祝英台，还是西方式情爱中的罗密欧与朱丽叶，皆诉说着爱倘若在日常生活里无法达到永恒的诉求时，必将以死亡作为抵押，从而直达恒久。

鲍德里亚的《消费社会》与性泛滥现象几乎同时出现，是偶然的吗？不，它是必然。恒久之爱在现代生活中的消失，与后现代社会中人们在日常生活里皆在消费大量的碎片性文化有关：日新月异的电视新闻、摄影照片对瞬间的凝固、下一秒很快就淘汰上一秒的时尚产品、唾沫堆积宛若话语废墟的信息等，皆如电如雷，稍纵即逝。这些文化现象的本质是散状的、粒状的、分离状的，它们在无休无止地切割时间，断裂时间，使得时间在空间之中堆积为一堆一堆无人看顾的碎片。碎片文化的本质是性本质与射本质，而非爱本质与创世本质。它们强调短暂性、碎片性，否决持久性、恒定性，而持久与永恒恰恰是爱孜孜不倦追寻的事物。

人类的性与爱，一直处于天平难以平衡的两端。中古时代是爱彰显，性隐藏；后现代社会的一些人则性泛滥，爱消散。爱的乌托邦在后现代生活里似乎要分崩离析。

{情人的微笑}

弗洛伊德说，女性是男性的梦想。我想在女性前面加一个形容词：完美。是的，完美女性是伟大男性最为绚丽的梦境之一。曹雪芹的梦是秦可卿，但丁的梦是贝雅特丽齐，纳博科夫的梦是洛丽塔。每个人梦境里的女主角不同，但相同的是他们通过这些梦中女人，倾诉着他们对这个世界的深情。

毫无疑问，《红楼梦》是曹雪芹写给他年少时深爱过的一位女人的情书。秦可卿（情可亲）这位完美女人，在书里分裂成两个截然相反的女性：薛宝钗与林黛玉。前者入世，后者出尘。前者带有世俗之金（宝钗），后者含有山川之灵（草木之林）。前者如矿脉，具有尘世的坚硬；后者如甘泉，滋润着干涸的存在。前者是姐姐，宛若母亲般严厉与包容；后者是妹妹，好似女孩般天真与任性。薛宝钗是秦可卿的A面：世俗、肉欲，是肉体之美的标本。林黛玉则是秦可卿的B面：纯粹、出尘、骨感，是灵魂之美的代言人。当灵魂之美与肉体之美合二为一，这样的女性便是完美女神。整部《红楼梦》，与其说林黛玉是贾宝玉的真爱，莫如说秦可卿是曹雪芹秘而不宣的珍宝。

令人玩味的是，在恶棍、时间、空间、迷宫中穿梭徘徊的短篇小说之王博尔赫斯，很少书写爱情。爱情这一话题对博尔赫斯而言，似乎是个禁忌，他颇少触碰。据传，十七岁的博尔赫斯，在他父亲的带领下去日内瓦的一家妓院嫖妓。他父亲认为他已成年，应该知晓男女之事，于是选了一位妓女作为自己儿子的性导师。博尔赫斯却怀疑他的父亲与这位妓女有染，与该女相安无事地谈论了一夜的书籍。这件事给博尔赫斯的一生投下了巨大的阴影，他患上了情爱恐惧症。直至六十五岁，他才迎来了自己的第一次婚姻。但度蜜月的第二天，他便与妻子发生争执，并被妻子赶出旅馆，赤着脚，跑到朋友处借宿。第一次婚姻就此无疾而终。直至去世前几个月，他才与自己的秘书玛丽亚·儿玉结婚。细心的读者会发觉，博尔赫斯浩瀚的书写中，仅有三篇小说涉及爱情：一篇是写于 1949 年的《阿莱芙》，一篇是写于 1975 年的《乌尔里克》，一篇是《第三者》。《乌尔里克》是博尔赫斯献给他第二任妻子玛丽亚·儿玉的小说，乌尔里克是他赐予玛丽亚的昵称。《第三者》是一篇纯虚拟故事，讲述了两个恶棍兄弟，同时爱上一个女人，为了兄弟情谊而将女人杀害的故事。唯有《阿莱芙》，是博尔赫斯情爱小说中的重中之重。这篇小说对博尔赫斯而言，宛若但丁的《神曲》。该小说中的女主人公与但丁《神曲》里的女主人公同名。博尔赫斯在晚年的随笔里坦言，小说里的贝雅特里齐是真实存在的，是他的贝雅特里齐，而非但丁的。《阿莱芙》是博尔赫斯献给他心目中的女神的一篇杰作。

阿莱芙是万名之母，更是万物之母。既是无穷的存在，又是难解之谜。贝雅特里齐就是博尔赫斯的阿莱芙，是博尔赫斯永远无法穿越的情爱迷宫。《阿莱芙》中有妒忌（对聂鲁达的嘲讽）、爱的哀伤（他年年在她的忌日去她表哥家拜访）以及对所爱之人的讴歌（贝雅特里齐是存在，是所有，是万物，是一切的一切）。正如但丁对贝雅特里齐的爱是一厢情愿的爱，博尔赫斯对他的贝雅特里齐亦是如此。博尔赫斯在《阿莱芙》中伤感地写道："在已经无用的钢琴盖上，一只没有花的花瓶旁边，贝雅特里齐的色彩黯淡的大相片正在微笑（不像是时间不对头，更像是失去了时间）。她已经不能看到我们任何人了。"失去了的时间，是永远无法追回的时间，亦是永恒的时间。永恒时间里所爱之人的微笑，是不朽的微笑。对失爱者而言，爱人的微笑如此之美，又如此令人心碎，因那微笑从来不曾为他绽放过。我有一位朋友，模样一般，但拥有一张美至令人心颤的大学时期的照片。照片里，她深情脉脉地注视前方，嘴角含笑，不可方物。我问她："当时你在想什么？"她说："照照片的男孩，是我大学时期一直暗恋的对象。他不知道我在爱他。当时我想，他在相机后面看着我……"无意间，她说到了爱的本质。情爱经验，是人类共有的经验。爱就是看与被看，听与被听，抚摸与被抚摸，亲吻与被亲吻。她以为他在看着她，她便要把最美好的自我展示给他。而微笑，对所爱之人的微笑，恰恰是心的根系上绽放出来的最美的花朵。

但丁在《神曲》中如此书写他与贝雅特里齐的分别："我祈求

着，而她离得很远，仿佛在微笑，又朝我看了一眼，然后转过脸，走向永恒的源泉。”“仿佛”一词，写出了多少无奈与心酸。但丁不能肯定他的女神在离别的刹那，究竟是否对他微笑过。博尔赫斯因此写道，对于但丁，贝雅特里齐的存在是无穷无尽的；对于贝雅特里齐，但丁却微不足道，甚至什么都不是。博尔赫斯能够理解但丁的情感，他与但丁同病相怜。因爱情里，他们遭遇到同样的命运：他们所爱之人并不爱他们。

比起但丁与博尔赫斯，达·芬奇是幸福的。新近拍卖出 4.5 亿美元的达·芬奇画作《世界的救世主》中的基督，与蒙娜丽莎有着十分相近的容貌。几乎可以把两幅画看作同一个人的两幅肖像：一个是正面，另一个是侧面。相同的肖像，在艺术家的画作里反复出现，只有两个可能：画中人是画家深爱之人；画家本人自恋。丢勒是绘画界开启自恋风的鼻祖，他一生中留下十来幅自画像。伦勃朗更是绘画界的自恋狂，他几乎每一年都绘两幅自画像，用以铭记时光中自己逐渐凋落朽败的容颜。达·芬奇亦有自画像，但该自画像和《世界的救世主》《蒙娜丽莎》中人物的五官没有多少相像之处。由此可见，达·芬奇所绘的蒙娜丽莎的微笑，是情人回馈给画家的微笑。蒙娜丽莎微翘的嘴角，根本没有什么秘密。那微笑是面对所爱之人的微笑：轻嘲、顽皮、母爱、撒娇、情欲……千种滋味、万般情态皆蕴含在那一笑里。后来者之所以认为神秘，皆因他们不懂得那幅画描绘了一个处于爱之状态的女人。千百年来，谁能解释得清爱的秘密？谁又有能穷尽一个恋爱中的女人的微笑？没有人。但丁在“仿佛”，博尔赫斯在隐喻，弗洛伊德则只能推测，达·芬奇唯一能做的，就是把那不朽的微笑如琥珀般凝固在油彩之中。懂得爱的人却明白，那是一个不是秘密的秘密。

{失恋与自杀}

人类有潜在的表演欲，就连爱情亦不例外。很多时候爱情的姿态都是做给别人看的。求爱者在大街上单膝跪地，被求者感动不已。被求者感动什么呢？感动自己到达了古典剧场的中心，做了回主角，吸引了众多的视线。四周是黑压压的观众，在见证、同谋、赞美着这份爱情，于是被爱者与爱者的表演欲皆得到了前所未有的满足。

如若说求爱是喜剧的场所，那么失恋便是悲剧的所在。“我”失恋了，“我”瘦了好多。“我”面容憔悴，不苟言笑。“我”成了悲剧中的一个角色，对着舞台表演着悲痛。这是“我”应有的表现，因为所有的爱情小说、文艺片都是如此描述的。“我”戴着悲伤的面具前行，告诉世人，请世人怜悯“我”。同时，“我”依靠这些悲痛形成控诉之文本，控诉着被爱者的罪行：看哪，“你”，就是“你”，将“我”害成了这个样子！

失恋者一般在一系列自我悲伤的符码下，寻求控诉与解脱。倘若失恋者找不到适当的舞台来博取被爱者或观众的怜悯，便会导致疯癫，甚至是自杀。失恋者的自杀方式大抵分以下三种：事先张扬的自杀；偶然情景唤起的自杀；因了对爱的绝望，而有步骤地选择了自我毁灭。

日常生活中，我们常常看到这样一种爱者，他对被爱者以及周遭的人声称，“我”要为被爱者去死。这是一种提前的死亡控诉，它指控被爱者是个潜在的犯罪分子，是“你”在谋害“我”，“我”的肉体与灵魂将会因“你”而消失。这是一种事先张扬的自杀。这种自杀行为是情爱学中的恐怖滑稽剧。它的恐怖性在于爱者在以死相挟。死亡宣言在此幻化为一把利剑，刺向被爱者的心口。它的滑稽性在于，爱是双方的事情，如若被爱者根本就不爱爱者，爱者的死亡控诉便等于强加于被爱者的罪行。可很多事先张扬的自杀者根本无法意识到该情景的滑稽本质。正如苏联时期的一则行为艺术般的广告——为了推销可可，万·古坚商行居然请死囚犯临死前高喊一声：请喝万·古坚的可可茶（自杀者：请爱我，我要死了）。

2011 年年底在网络上传播得沸沸扬扬的杭州弃妇自杀事件，因死亡、展览遗书、原地复活三部曲，完全成了一部荒诞剧。义愤填膺的网民站在道德高位上暴跳如雷地指斥出轨的男子与魅惑人的狐狸精，给自杀者洒以同情的泪水。谁知没两日，自杀者原地复活，并跑至电视台现身说法地做情感节目。这是一个标准的双重讹诈案例。该案例中，事先张扬的自杀者先以“我死给你看”讹诈一个已经不爱她的人，而后假死并公布煽情的遗书来讹诈嗜好在别人的私生活中充当道德裁判的公众。在我看来，这种事先张扬的自杀者，具有极端强烈的表演性人格，他（她）常常有将自己置于舞台中心的欲望，他们强烈地渴望公众与爱人的目光围绕着他们旋转，他们的自我人格建立在别人的眼光之上。别人的视线，是他们的空虚精神的食粮。

《安娜·卡列尼娜》中，托尔斯泰安排在爱与世俗中挣扎的安娜最终选择卧轨自杀。在我看来，安娜的自杀当属偶然情景唤起的自杀。出来寻渥伦斯基的安娜行走在火车站，“突然间回忆起她和渥伦斯基初次相逢那一天被火车轧死的那个人，她醒悟到她该怎么办了”。这个闪回镜头是死亡的召唤，它使得安娜在刹那看到了自己的命运。死亡是她唯一的解脱和选择。“她迈着迅速而轻盈的步伐走下从水塔通到铁轨的台阶，直到匆匆开过来的火车那儿才停下来。”这个时候的安娜是快乐的，她自言自语，望着投到布满砂土和煤灰的枕木上的车辆的阴影，说：“到那里去，投到正中间，我要惩罚他，摆脱所有的人和我自己！”这句“我要惩罚他”，是爱里颇为严厉的控诉，它的真正的含义是：你是有罪的。我将以死亡的方式占有你，渥伦斯基！

然而，有一种自杀，既不控诉被爱者，亦不祈求旁观者廉价的同情，因对爱的彻底绝望，它只求自我毁灭。莎士比亚的名剧，《哈姆雷特》里的奥菲莉亚就属此例。美丽的奥菲莉亚遭到哈姆雷特的遗弃之后，听闻其父被哈姆雷特刺死的消息，她疯了。之后不久，她在那小溪旁“用金凤花、荨麻、雏菊与紫兰编制了一些绮丽的花圈”。在我看来，奥菲莉亚一直是清醒的。她的疯癫与哈姆雷特的疯癫，本质是一致的。倘若说哈姆雷特借装疯卖傻迷惑众人，从而策划杀他的叔叔替他父亲报仇，那么奥菲莉亚则不过是借着疯癫，一直在进行着有计划的自我毁灭。她所编织的那些花圈，是自杀者提前编织好，献祭给自己的花环。

“当她企图挂此花圈于那枝梢时，那根摇摇欲坠的枝干就折断了，使她与花一并落入那正在低泣的小溪中，她的衣裳使她像人鱼般地漂浮起来，那时，她口里只哼唱着一些老诗歌，好像完全不顾自己的危险，也好像她本来就生长在水中一般。可是，这种情况无法持久，当她的衣裳被溪水浸透之后，这位可怜的姑娘，就在婉转的歌声中被卷入泥泞中……”鲜花、水流、歌声、人鱼般的女人，诸多元素，构筑了一首天鹅之歌。这是一个高贵的死亡片段，它不但是诗意的，还是莎翁奉献给世人的一个死亡美学的典范。它的美学意义在于，对于爱，自杀者什么也不谴责，她选择了从美回归到美，从母体回归到母体（水是子宫的代替品）。但正是这种什么也不谴责的自杀行为，形成了最强有力的谴责。这谴责不是来自于爱者，而是来自于被爱者，被爱者的良心将因这什么也不谴责的死亡行径，不停地进行自我宣判：我是有罪的！

{吻的多重奏}

据传，美国人把恋人称为“蜜”，阿拉伯人把恋人称为“我的黄瓜”，立陶宛人则用“啤酒”来称呼爱人，波兰人把自己的情人比喻为“饼干”，法国人把自己心爱的人称为“小卷心菜”，兹库人对爱人的最高爱称则是“我的小蒜”，而布列塔尼人则兴奋地把恋人比作“我的小青鱼”，浪漫的维也纳人用“我的小蜗牛”来称呼心爱的人，捷克人最富爱情表达方式的话为“我母亲的灵魂”，而南斯拉夫的加尔纽拉人则用“我的小草”来表达对恋人最炽烈的感情。

这些世界性的爱的昵称中，大多事关食物，一看便知是农耕文明饥饿时代沿袭下来的传统称呼。在物质匮乏的时代，人们称呼所爱之人，表达的却是自身肠胃的急切欲求。这些称呼里，爱与口腔、胃、消化系统密切相关，而与心脏、灵魂毫无关联。由此可见，对很多人而言，爱是纯肉体的饥饿，更是一种自身口欲的满足。

食色，性也。大抵谈论的便是人类肉体的双重之饿：胃口之饿，荷尔蒙之饿。那么人类的心脏会不会饿，灵魂会不会饿？是不是所有的信仰，都诞生于人类的灵魂之饿？当我们的肚子饿了，我们会吞噬食物。当我们的灵魂饿了，我们会饮用什么？知识、智慧、宗教、信仰？从世界各地爱的昵称可以看出，在漫长的人类历史里，爱与灵魂之饿关系不大，爱仅仅是对荷尔蒙之饿的慰藉罢了。因此作为爱的一种神圣仪式，吻大多与吞噬食物具有相同意义：接吻的时候，舌头对相爱的彼此而言，就是一种类似口香糖一样的软体小食。这种吻与吞噬的传统源远流长，古希腊的人们就热衷于罐式相吻。也就是说，亲吻的一方双手捧罐一般捧住被吻者的双耳，以唇抵唇，醉饮着对方的情爱之蜜。

网上一度热传法式深吻教程，舌头在深吻的过程中已经不是舌头，而是一种类似于蜗牛的软体动物。舌头因激情像丝带一般从嘴唇里洋溢而出，一如好奇的蜗牛从壳屋里探出脑袋，并进入对方的口腔，进行着试探式接触。舌与舌深吻，既是爱的初探，又是爱的邀请；既是爱的应允，又是做爱前的口腔模拟与操练。亲吻中的舌，象征着即将交鸾的两具身体。口腔里的舌，彼此轻触、撕咬、缠绕，在互相吞噬的同时，亦生成一个共同体——爱的共同体。柏拉图曾将这样的爱的共同体称为球形人，罗马尼亚雕塑家康斯坦丁·布朗库西则认为因吻而生成的共同体会呈现出一种几何学容貌：爱的立方体。爱的立方体是一种坚硬实体。他们彼此互融，毫无间隙，坚不可摧，却对外界形成一种棱角分明所向披靡的抵抗。布朗库西那尊举世闻名的粗朴石雕《吻》，便凸显了他所秉持的爱的意识形态。这件艺术品，不但可以看作爱的乐观主义者为吻所献的艺术颂歌，亦可看作另外一种哲学观，一种堪与柏拉图球形人相媲美的爱的哲学观。

然而，与柏拉图和布朗库西的爱的乐观主义相对立的，则是爱的悲观主义。超现实主义画家勒内·马格里特便持有与以上两位截然相反的看法。在马格里特看来，爱是一种盲目的行为，吻更是因爱而生的悲剧。马格里特蒙面大盗式的画作《情人》中泄露出的正是这样的悲观主义信息：你吻的人，不是你真正的所爱之人。他（她）无非借助一具肉体，成就了你爱的想象罢了。但在世界范围而言，马格里特不是最彻底的爱的悲观主义者，意大利建筑师兼插图画家塞拉菲尼对爱所持有的悲观态度，是画家马格里特的两倍。这位风趣的建筑师制作了一本天书，名叫《塞拉菲尼抄本》。这是一本不采用世界上任何已知语言，用作者独创符号而写的书，书中配有各种各样的超现实主义插图。马、机械、萝卜、花朵等，皆打破已知世界的分类学概念：人、动物、植物、机械互相杂交、互相融合，从而形成一个全新而无法界定的魔幻种族。这本书，是一个人的符号变乱。别的建筑师在现实空间中建造他们的巴别塔，塞拉菲尼在书里发起他的反叛。显然，塞拉菲尼比画家马格里特走得更远，马格里特玩弄的是文字与绘画内容的悖反，塞拉菲尼质疑的则是人类的整个分类体系与符号学。但令我最感兴趣的是塞拉菲尼的爱的悲观主义：柏拉图与布朗库西认为两个相爱相吻的人会形成一个自足自在的完美实体。塞拉菲尼则认为，两个相爱的人合二为一，既不会成为圆满的球形人，亦不会成为棱角分明的立方体，而会变为恶魔利维坦(圣经中的利维坦是鳄鱼)，这便是塞拉菲尼的爱的进化史，它是悲观的相爱哲学。

古希腊哲学家苏格拉底并不看重爱的喜剧性或悲剧性，他着重提醒人们吻的危险性。他说："嘴唇与嘴唇相接触，实际上就是心灵与心灵相接触。"并由此提出警示，每个想做自己主人、不想把自己的心灵流露出来的人，最好不要去亲吻那"美妙"的嘴唇。当然，苏格拉底所谓的接吻，特指男性与男性的嘴唇的接触，而非男性与女性的互相亲吻。在古希腊时代，灵魂之爱是同性恋人的专属，而非男性与女性之间的。女性在古希腊时代，仅仅是人类繁衍后代的工具而已。苏格拉底大概不会担心，男女亲吻会让双方的心灵发生激烈的互换效应。而汉字中"吻"的造型，亦在暗示"勿要动用你的嘴唇"。可见仓颉与苏格拉底所见略同，吻会诱惑人出卖心灵。吻是一种通过舌尖，彼此互相交换体液，从而导致灵魂互相生成、互相渗透的行为。

作为一种日常可见的情爱行为，哲学家看重吻的伤害性与结合性，艺术家看重吻的甜蜜性与悲剧性。摇滚诗人科恩在他的名曲《千吻之深》中，则百转千回地歌吟着穷尽一切边界、耗尽一切所有的吻所具有的与性爱等量齐观的毁灭性：

拘囿在性爱里，我们不断探求
想跨越大海最远的疆界
直到我发觉再没有大洋——
为我这样一个拾荒者而存留
我费力走上前甲板
给我们残破的船队致以最后的祝福
并同意被摧毁击沉
在这千吻之深
……

{等待者：情爱美学的柱头隐士}

台湾诗人余光中写过一篇名为《等你，在雨中》的诗歌。这首诗中，等待是日本清酒式的薄醉："你来不来都一样 / 竟感觉 / 每朵莲都像你 / 尤其隔着黄昏 / 隔着这样的细雨。"隔着黄昏与细雨，使得等待的不安、焦虑、躁动被迫隐退在黄昏、雨帘织就的轻纱之后，诗人因此感觉每一朵莲都像"你"，"你来不来都一样"。诗人满足在自己的幻象里，一如待嫁姑娘满足于刚刚送至手中的流行婚纱照片。一切现实生活中不能真正拥有的东西，在充斥别墅、洋车、鲜花、婚纱，被厚重妆痕修饰过的完美自我的影像照片中再现，并以幻觉的形式给她注射一剂俗世虚假之美的精神鸦片。

真正的等待是一种焦虑的情绪，情爱里的等待更是如此。"他为什么不来？""他怎么了？""他是不是不打算赴约？"等念头，在等待者的心里辗转百回。等待是无奈而被动的。所有的等待者在等待被等待者时处于严重不对等的地位。《暗恋桃花源》中最不丰满的人物便是云之凡。剧本里有一句关于云之凡这个人物的定义式台词：云之凡是一朵白色的山茶花。就是在最不留情的情况下，她也是一朵在夜空中开放，最诚恳的白色山茶花。白色是一种处女色。白色的花朵是一种悖论性的花朵。世人注重处女的贞洁恰恰就证明了这一点，过分完美的东西往往具有双重性。被看作表征纯洁的处女贞操往往受到男性欲望的最大青睐。而一朵夜空中的山茶花，只能是一朵高不可触的圣洁的云。江滨柳就因这种虚幻的圣洁整整等了云之凡四十年。他再遇到云之凡的时候坐着轮椅。轮椅是他的脚的替用品，轮椅的位置决定了他在情爱中的位置。在情爱里，他只能是个翘望的被动的等待者。

古往今来，等待的故事比比皆是。最为极端的便是神女峰上的神女，她站在江边望夫，居然化成了千年的石头。这个等待的故事在明明白白地告诉人们，等待的局促本性与它的无法挪移。在情爱学里，等待者的位置只有方寸之地。等待者的情状一如古代站在十米高的柱子上的柱头隐士。为了死后能到达天国，他们在柱子上冥思苦想着他们对上帝的情爱。所有的时间都被耗费在等待里，为了等到相遇时的片刻狂欢。而这狂欢，显然是一种踩高跷者的舞蹈、踩高跷者的狂欢。他们带着自我捆绑的柱子，踉跄而滑稽地奔向所爱者的怀里。因此，在等待者等待被爱者的岁月里，等待就成了一具保持凝固姿势的雕塑，它的基座上铭刻着一句这样的话语：我是苦行僧，我爱我便等待，我喜欢保持这痛苦的优美。

当然，最明白等待者境遇的不是别人，而是囚徒：情爱的囚徒、监狱的囚徒、生活的囚徒、信仰的囚徒。爱尔兰剧作家贝克特的剧作《等待戈多》刚刚面世时不能被法国文化界所理解，反而是在美国的一所监狱里获得数千名囚犯的掌声。这是最佳的明证。只有囚徒才明白自己所处的位置，才能明白等待中分分秒秒的自我反复（那两个流浪汉不停地重复一些动作，穿靴子、脱靴子，戴帽子、脱帽子），也只有囚徒才能懂得被囚禁的无奈与辛酸。两个流浪汉（这个称呼是反讽的，在上帝的面前，任何人都不是流浪汉，他只能是个等待者）站在一个无法挪移的地方，一个说“嗯，咱们走吧”，另一个说“好的，咱们走吧”。可是他们站着不动，他们是柱头隐士，他们被钉在那柱子上，等待着他们所必须等待的。

{情爱中的礼物}

情人间的礼物，不是一般的物。它给物赋予了形而上的意义，它是被抹了情爱迷药的圣器，它是情爱衍生出来的一种物质性感官。

它是赠者手指的延续，若《桃花扇》里侯方域赠李香君的扇子（我要触摸你）。它是赠者的肌肤，若《红楼梦》里宝玉赠黛玉的三方旧手帕（我要亲近你）。它是赠者的舌，若作家在其作品扉页题上“本书送给 ×××”（我要用字词来吻你）。有时候它甚至是赠者的情爱刑具，譬如我所知晓的一位女子，她喜好给她深爱的男人赠送内裤。问其为何只送这个，她答，他若和别人做爱，总是要脱内裤的。这句话里暗示了内裤的贞操性和刑具性，接受礼物的人一旦穿了赠者所送的礼物，无论他意识到还是没有意识到，他的性器官都已经处于赠者的秘密囚禁中。内裤在此转换为一种柔情枷锁，它是卓别林式的默片，它在替赠者说话，它在反复地重复一句台词：“这是我的。”

戏剧《拾玉镯》中的玉镯也是此类情爱赠物的典型。美少年傅朋清晨起闲游玩，偶遇情窦初开的农家女孙玉娇，对其一见钟情，但苦于无法结识，便想出如下计策："我二人怎能够结下姻缘，我这里将玉镯脱离手腕，走向前放至在柴门外边。"这里的玉镯既是礼物，又是个情爱圈套，它躺在门口等待着孙玉娇钻进来，从而将其小兽般捕获。果不其然，孙玉娇羞羞答答一番之后，将玉镯戴上手臂（接受赠物），"见少年丢玉镯扬扬去了，好叫我小奴家挂在心梢，但愿他遣媒人早早来到"（接受圈套，已被囚禁）。

许多女人喜好编织，并喜欢将编织之物赠送给自己深爱的男人。女人的编织本能，其实与其长期梳理发丝有关。丝线不过是女人发丝的替代物。中国古代的胖美人杨玉环，就深知女性发丝在情爱中对男性的巨大诱惑力。她落寞于道观时，就托高力士寄一缕青丝给唐玄宗。这小小礼物，玄宗看得眼泪直流，感慨万千，于是将其招回后宫。此处杨玉环的发丝仅仅是发丝吗？显然不是。它既是千万只柔情蜜意的情爱小手，又是一种百爪的宠爱捕获器。而女人之所以喜欢编织，不过是在梳理、编织着自己的发丝而已。女人若将自己的编织物赠送给情人，亦无非是讲述着这样的情语：我爱你，我的身体迷恋你，我用我的发丝缠着你、绕着你、捆绑你、囚禁你，时时刻刻不相离。

然而，比玉器、编织物更为高级的情人赠礼，却是那些喜欢在自己的作品前面题写"本书献给 ×××"的作家。作家与喜欢编织的女人相类，二者皆是编织高手，只不过前者用的是物质之线，后者用的是语言之网。对作家而言，文字就是他们的丝、他们的线，作品就是他们的编织物。

美国女诗人艾米莉·狄金森就深知这一点，她在论及如何写诗时说“除非里头有一条金线，否则全盘皆输”。我认为这句话里的“金线”指的便是能令诗句闪耀出瑰丽光泽的字与词。被文化界誉为“最后一位文人”的瓦尔特·本雅明曾写过一本叫《单行道》的书。这本书的扉页上有着如此浪漫的献词：“这条路，叫阿西娅·拉西斯街，是她作为工程师，使这条街整个地穿过了作者。”这是一句诗意的语言，这诗意的语言在告知我们，是作者的情人阿西娅·拉西斯使得作者构筑了这条单行道，作者把由自己的文字所构筑、所编制的标满自我词汇的街道作为赠礼，献给他的情人，以供他的情人在他的词汇语言中行走，从而捕获情人的脚印，囚禁情人的姓名，使得此情此爱即若日后在现实里单向地消失，在文字里也能到达永恒。

第二章 —— *Chapter 2*

{ 巧舌如簧的甜蜜与罪恶 }

{昵称}

普通人际关系与情爱关系有一条明晰可辨的边境。而昵称却是跨越这边境的一只试探的话语白鸽。昵称浑身洁白，羽翼温柔。它一旦从一个人的口中飘逸轻巧地起飞，就表示它想在另一个人的耳边呢喃筑巢。昵称是危险的。昵称事关造物，事关命名。昵称在情爱学里的重要意义，不亚于《圣经》里夏娃的诞生。感情敏锐的人皆知道，爱情往往诞生于情人间的第一个昵称。宝玉初见黛玉，便赐予黛玉一个这样的昵称："颦颦"，并言"这林妹妹眉尖若蹙，用取这两个字，岂不两妙"。这是为爱而生的造物感。这命名建在心有灵犀一点通的基础上，爱中的一方深知另一方不会因这昵称而怪罪他，才敢借昵称来试探，来给另一方签订全新的合约：我洞悉了你。我理解了你。我想亲近你。你，就是我所能赋予的昵称中的那个样子。我，且只有我，才有权力给予你全新而准确的命名。（你是我的肉中肉、骨中骨，我的昵称诞生了你，我的昵称诞生了我们的爱情。）

昵称是专属于情人间应用的特殊符号。它属于两个人的空间，它的全部意义对外部关闭，它是两人间特定的交流语言。昵称是爱、美感和诗意的三位一体。倘若说爱情是一首诗，那么昵称就是这诗里闪烁着灵光的最绮丽的句子。然而，在人类情爱历史的长河中，昵称在泛化，昵称被盗用，昵称在日渐丧失它独一无二的原创诗意美。人，被逐出伊甸园的同时，亦被逐出了语言上的诗意区。一若“心肝”“宝贝”“亲爱的”“甜心”等大众化的昵称，就似被大气污染过的鸽子，颜色由白变灰，表达大同小异，人人会用，人人能用，已然形成了一种日积月累的、毫无创意的亲昵噪音。大家沿用它，习惯它，认同它，在语言的鸽笼里随时随地地饲养它，为的是在千篇一律、毫无特性的情爱情节里伸手拿来，随时应用。

然而，毕竟只有少数的人能够意识到昵称在情爱里的重要性和诗意性。捷克作家米兰·昆德拉就属于这样的人。他在作品《笑忘录》里，这样描绘女主人公塔米娜的丈夫：“他的柔情就是一台不断生产昵称的机器。她有很多名字，由于每个名字都不耐用，他又不停地给她起新名字。在他们相处的十二年中，她有过二十来个、三十来个名字，每个名字都属于他们生活的一个具体阶段。”这段话表明三点：一、塔米娜的丈夫是个有命名能力的诗意男人；二、在他们的共同生活里，塔米娜本身具有迷人的多样性；三、他们的爱因马不停蹄地更换昵称而永生。我们可以想象，塔米娜的丈夫给塔米娜取新昵称时的表情，这表情里，既有对爱的对象能够进行命名的自豪感（我是亚当，我命名万物），又有一种类似于父亲面对女儿的各个成长阶段的惊异感（你完全属于我，我看着我们的爱在成长）。很显然，塔米娜的丈夫深爱着她。这爱因太过丰盛，终于溢成各式各样的昵称，并以各种各样的昵称来标识、界定、勾画、弹奏出他们每一阶段的感情。

当然，昵称除了具有情爱的诗意之外，亦有昵称话语中的微观权力。对一些人而言，情爱中的昵称，诸如“宝贝”“心肝”等，皆是省略了主谓语“我的”的宾语片段。它的重点在于省略语“我的”，而非之后的宾语。这样的昵称更近于霸权式的标定，而非真若昵称中所称呼的这般。譬如在海德格尔的私人书信中，他对所有的情人（包括他的夫人在内），皆以“小宝贝”“小可爱”等昵称开始书写，唯独对于阿伦特，海德格尔的书信中没有见到“小”这一形容词式的标定。由此可见，拥有独立思想的女性，对男权主义者而言，本质上便是一种潜在的威胁，这威胁导致男性霸权都无法在昵称之前以形容词“小”来修饰与美化。

发出此类自身性霸权昵称的主体，既似一只贪婪的小狗，左边树上洒几滴尿，右边草丛亦洒几滴，又似一个挥斥方遒的恋女症患者（此类患者一旦遭遇情爱对象的轻微否定，不是自我反思，而是很快地寻找一个新的目标物，以对方的盲目崇拜来确定自身的存在价值），在他的情爱地图上不停地指点江山，四处插彩旗，用以圈定其所占领的性资源。此类恋女症患者，东方有西门庆，西方有唐璜。但此二人皆是古典文学中的艺术人物，彼时女人无经济来源，多依靠男人生活，有这样的文化现象亦可理解。现代社会，有尊严的女性大多独立自主，不用依靠男性的豢养就能生存，凭什么被圈定在某一固定的性领域？这样的女性，倘若看到同一个昵称同时被用在另一个、两个，甚至三个以上女性身上时，定会对曾经爱过的那个主体与那主体所赐予的昵称弃之如敝屣，避之如瘟疫。

倘若你在爱，倘若你爱的人喜欢用各样的昵称来称呼你，那么，请好好审视每一个昵称：若是霸权式的、大众化的、泯然众人矣的那类昵称，那么，请回首，仔细地清点一下你们的情爱，看看它究竟在哪里存在问题。若是你爱的人予你的每一个昵称仅仅属于你，仅仅属于你们的二人空间，那么请好好珍藏这一份独一无二的爱情。因这里面的每一个昵称，皆来自于他对你的深爱，皆来自于他最为诗意的灵魂。

{ 情爱美学中的谎语分析 }

谎语，可分为艺术谎语与现实谎语。艺术谎语被艺术法则所允许。在艺术世界，谎语不称之为谎语，谎语有着更为美好的称呼：虚构。某种程度上而言，小说便是纯粹的谎语构成物。但好小说中的谎语是这样的话语：它为隐蔽在文本深处的某一真理而服务。小说中的真理常常滞后于话语，需要时间与空间，在某一时刻蓦然彰显。在时光里流转的经典名著，多数具有这样的肌理，譬如《红楼梦》《堂・吉诃德》。安徒生的童话《皇帝的新装》，我们完全可以当作一篇隐藏着深刻的文艺理论的文本来解析，而非单单是一则讽刺性童话：皇帝、骗子、大臣，是一些深谙艺术虚构之道的艺术家。那件看不见的新衣，是一件透明、无色、炫目、令人无法逼视的集体谎语所编织的艺术品，那个高声叫喊的孩子，穿越过时空的走廊，在文本的末尾来彰显积淀在文本深处的真理的面目。当童稚的声音喊出“皇帝没有穿衣服”时，真理在集体谎语编织的看不见的衣服下便像阳光下的麦垛，蓦然闪现金子的光泽。

现实谎语，有些是无伤大雅的谎语。譬如你不喜欢朋友做的饭菜，而朋友却要留你就餐，你完全可以撒个小谎遮盖过去。有些谎语却是伤害性谎语，譬如蓄意掩盖某种身份，或者直接身份造假，为了达成某个有利可图的目的。情爱中，亦存在着大量的谎语：一、甜言蜜语，在某些程度上而言，亦属于情人互赞的谎语，如“你是世界上最聪明的人”“你真美”“你是我的心肝宝贝”等。但这样的谎语是情爱中的嬉戏，既有真心，亦含真意。我们可以称之为嬉戏式谎语。二、半真半假式谎语，如，女人问男人，“我是不是你爱过的人里最美的那一个”，不愿撒谎的男人常常虚与委蛇、胡乱应对。三、彻头彻尾的谎语，如日本作家大江健三郎在长篇小说《日常生活的冒险》中描绘过这么一段情爱故事：一位教授因漫漫长夏无事消遣，且又对同性恋满怀好奇，便在一个旅游景点开始了他日常生活的冒险。他重新编织自己的身份，扮演一位生活受难者，从而博得一位同性恋少年的真挚爱意。开学之后，少年发现那位自称身世凄惨的情人原来是他所在大学的一位生活优裕、地位不低的法文教师。少年无法忍受这种毫无理由的情感欺骗，他将他的老师堵在教室门口，向他索要钱币。对教授而言，这段感情，仅仅是出于无聊，出于一时好奇，出于在他者身上的冒险。对少年而言，付出的却是真心真意。一段感情，当那个从来未与所爱之人提及钱物的人开始谈及钱物，不但是在自贬身份，而且是在暗示对方，他（她）已经开始质疑/否决这一段感情。譬如在这部小说里，少年很明显在警示他的情人老师：此情此爱，在凭钱这样的俗物解决的刹那，已经被定位为一段骗与被骗的恶俗关系。正如张爱玲千里迢迢去给胡兰成还钱，自作多情，很多人以为张在演绎一段娇娘子救受难郎的古典戏剧桥段，却不知对张而言，是偿还，是清算，是这样的一句暗示性语言：我已经不爱你了！

爱情里，人总会不由自主地美化自身。这是人性的弱点，亦是可以理解的弱点。我们都期望在情人的眼里，自我理想与理想自我能够完全融为一体。人性之爱能够升华至神性之爱。女性去见所爱的人，化妆、购衣、美饰，无非是想让自己看起来更为靓丽、更为迷人。男性亦是荷尔蒙分泌过剩，情话连篇，妙语连珠，似乎平白增多了几分智慧。但无论如何美化，我们都不可以为了一个虚幻的美之形象，以欺骗的方式获取一段感情。譬如结婚了却对对方只字不提，譬如有孩子了却和对方说没有，譬如明明另有情人，大玩茶壶与茶杯的游戏（一男数女），却将对方隐瞒得滴水不漏，仍旧向对方情语不绝："你是我的灵魂伴侣""我仍旧爱着你""我对你的感情一直没有变"等。这是与极权主义政治完全相类的一种极权主义情爱，因为：一、二者都建立在谎言之上；二、一方在蓄意欺骗另一方；三、一切都在为唯美化情爱中的伟大自我而服务。需要某类情爱信息时便告知对方，不需要某些情爱信息时则全部掩盖，一如斯大林时代苏联新闻照片中人物常用的加减法。这类情爱谎语，对一段现实中的情感而言，是摧毁性的。它不但摧毁人与人之间的信任，亦摧毁爱之美好。要知道，人类之爱建立在信任的基石之上。如果连爱、爱的话语和爱之灵性都成了谎语，我们如何判断自己身处现实还是艺术？我们能够相信谁？我们又能够去爱谁？爱之美又在哪里？本雅明论及古典艺术美学时道：“美既不是面纱也不是面纱笼罩下的那个客体，而是在面纱中的客体。”这说明，即若是艺术之美，亦是面纱中的客体（真理），而非完全是面纱（虚饰性谎言）。爱，一段倾向于艺术化的爱，可以既是艺术的（撒点小谎赞美对方），又是现实的（互相知晓彼此的真实境遇）。爱的艺术是适量的谎言（面纱）与大量的现实（客体）的黏合物，而非大量的谎言与少量的现实的黏合物。

梅里美闻名世界的短篇小说《卡门》，在颇多批评家看来，塑造了一位身先士卒的女权先锋。我不这样解读。从情爱学的角度看，卡门是艺术谎语所塑造的一个不肯在情爱中讲任何谎话的女人。她是情爱里的自由女神。她懂得何为真正的自由。这也是《卡门》能够流传至今的原因。它彰显出这样的情爱真理：当爱不在，你完全可以告诉对方：“我已经不爱你了。”即若面临死亡危机，你亦不可以选择谎言作为逃避，因你面对的是一颗探寻真爱的心。对卡门而言，真正的自由便是自我与他者爱的自由（选择的权利）、不对对方撒谎的自由（话语的权利），而非贪婪者撒谎以便拥有数个“茶杯”，以牺牲他者的选择权与话语权为前提的自由。要知道，情爱中爱的两者彼此平等，而非某一方为上帝，另一方为善男信女。没有任何一个具有自我尊严的现代人，会为这样的极权主义情爱而献祭。谎语，作为话语的一种，在撒播的那一刻，便命定要收获撒旦之果。昆曲《牡丹亭》的唱腔一向迤逦，下面这两句百年箴言在唱响人世悲凉、物是人非的同时，亦是在唱情爱中的刹那绽放而后凋零的朵朵谎语：

> 姹紫嫣红开遍，
> 似这般都付与断井颓垣。

{ 民谣《赵小姐》与《董小姐》的解析 }

快男舞台将一曲仅被小众群体传播的亚文化歌曲《董小姐》推给了大众，大众对此如痴如醉。但仅有少数人知晓，《董小姐》之前，还有一首《赵小姐》。宋冬野的《董小姐》是对“魔岩三杰”之一的张楚在 1994 年发行的《赵小姐》的戏仿与反讽，是民谣界在几近二十年的时空中展示的两朵颜色不同的花：白玫瑰与红玫瑰。

1994 年，“小姐”一词还是古典汉语的语意，意指大家闺秀或小家碧玉，这样的小姐道德上纯洁无瑕，身体上完美无缺，生活上娇生惯养。现时“小姐”一词众所周知地发生了质变，大家都用来称呼三陪女、伺酒女郎、发廊女等。如果一个人在公共场合称呼一位女士为小姐，几乎是一种冒险，不但会惹来反感，还会令人觉得不懂社交礼仪。从时间的跨度上便可辨析，民谣中的两首小姐之歌，是音乐雕塑中清纯女与浪荡妇的对立。

张楚歌词里的《赵小姐》是小家碧玉，不为钱担心，不会午夜流浪，生活里的不满最多就是“别的裙子比她身上的好”“在懂手段的男人面前她会沉不住气”，生气的时候“她决定只上街买点儿便宜的东西”。这是一个单纯可爱的乖乖清纯女的形象，她的生活时间表是白天的时间表，也是普通人日常生活的时间表。张楚以近乎邻家大哥的姿态在给赵小姐拍照：她吃饭，她上班，她谈恋爱，她生气，她购物……整首歌曲的旋律与歌词宛若音乐化了的纪录片，白描很多，爱意很少。歌者在歌曲里只呼了一句赵小姐，别处皆以她来指称。她，一个平庸的第三人称，一个可远可近的人称，一个“你可以叫她赵莉、赵小莉、赵莉莉”的女人，一个形象清纯、平淡至随便走在街头便可相遇的女人。她，不是单个的女人。她，在张楚的歌曲里是一个复数，一个生存在中国大地上的属于大多数的女人。她是她们，歌者在歌唱她们。歌者未成年般的嗓音似乎在说：看，生活中有一群这样的女人。所以歌者的声音里没有爱情，只有略显温暖的描述。

宋冬野歌曲里的《董小姐》是个单数，一个放荡不羁的特指女人。董小姐不但午夜徘徊，还与陌生人借烟。“董小姐，你才不是一个没有故事的女同学，爱上一匹野马，可我的家里没有草原。”这句歌词明显暗示听众，董小姐故事颇多，董小姐饱经沧桑，董小姐是一匹难以驯服的野马，董小姐更是夜的生物，董小姐的生活时间表是夜的时间表。与张楚拍纪录片般地叙述赵小姐的生活不同，宋冬野的董小姐是故事片中的角色，她拥有的都是特写镜头，“你嘴角向下的时候很美，就像安和桥下清澈的水”“你熄灭了烟，说起从前”。

如安和桥下清澈的水、你熄灭了烟等细节，皆寄寓着歌者深切的爱意，寄寓着一个浪子对一位无法把握的女性的不安感。歌曲中，歌者对董小姐的呼唤在直呼其姓与第二人称“你”之间不停地转换。歌者似乎只唱给一个人听，一个名叫董小姐的女人。歌者站在董小姐的门前，抱着吉他倾诉衷情。别的听众的耳朵，就此转换为窥隐者的耳朵，它们耸立如鬼魅，聆听着一个不该聆听的爱情故事。

“在懂手段的男人面前她会沉不住气”的赵小姐与需要一个“草原”才够驰骋的董小姐之间，不仅仅是几近二十年的时间距离，还是词义截然相反的距离、清纯与放荡的距离、白天与黑夜的距离、复数与单数的距离、纪录片与故事片的距离，更是琼瑶剧女主角与白先勇《永远的尹雪艳》的距离。当低沉暗哑的浪子嗓音在三分多长的歌曲中一唱三叠地呼唤“董小姐”时，纳博科夫那著名的小说开头——“……洛丽塔，我的洛丽塔”同时在听者的耳边响起。重叠的称呼是爱召唤与性呢喃，一声声“董小姐”中，充满了爱与性的意识。在喜欢窥隐的大众那里，《赵小姐》就此销声匿迹，《董小姐》必将传唱一时。放荡者是人群中的性载体，是传奇。而传奇，是一根刺，一根刺破人类庸常生活地表的刺。大众在这根刺上挖掘洞孔并喘息。大众需要传奇。

{声音与情欲}

情人与“我”远离，“我”守候着电话、手机、录像等一切能与情人沟通的媒介，只要情人可能在的一切场域，“我”皆去看，去聆听。“我”就此变成了最原始最本真的爱人，走进了《雅歌》的诗句，与那位最为古典的女子一起向情人吁请：“求你容我得见你的面貌，得听你的声音。因为你的声音柔和，你的面貌秀美。”

在情爱里，情人的容貌光辉灼灼，情人的声音调了蜂蜜。敏感的耳朵被这蜂蜜所甜醉，以至其余的感官全部萎靡，独剩耳朵大了起来，大到整个生命幻化为一种聆听的姿态。每个处于情爱巅峰期的情人都会有这样的感觉，即若万声嘈杂，你最爱的那个人的声音依然能穿越混杂的声流，让你辨别出来。情人的这种聆听状态，既是一种疯癫的表现（“我”成了疯子才能出现幻听），又是一种哲人的姿势（老子就长了一对出奇的大耳朵）。福柯为了给疯癫以权力，让疯癫自身说话，在《疯癫与文明》中偏激地论述道：“疯癫的语言根本是理性的语言。”在我看来，这句名言更应该被烙印在被情爱的火焰所灼烧的情人们的前额上，而不是锲刻在疯人院门口的大匾上。

在情爱学里，言说与聆听是一种对话的姿态。“你”言说，诱惑“我”倾听。“我”言说，诱惑“你”倾听。《国风·周南·关雎》中的第一句“关关雎鸠，在河之洲”，便借两只鸟儿将情人间的对话姿态模拟得惟妙惟肖。一只鸠鸟在河的这边“关”地叫了一声，另一只在河的那边聆听到了这叫声，感情激荡，喉咙冲动，知是遇到了知音，忙忙“关”地叫着回应。于是河的两岸春情荡漾，“关关”不休。

智利诗人聂鲁达在他的成名诗作里这样写道：“为了使你听见，我的话，有时候变得纤细，如同沙滩上海鸥的脚印。”诗人在这里不大声地说话。诗人最懂得爱情。情话是一种不连贯的语言。越是纤细的、片段的、飘忽的、东鳞西爪的絮语，相爱的情人越是要捕获、打捞这声音，装订成爱的标本。不爱的人拒绝倾听。他神思恍惚，令爱者担忧：“我是个绝望的人，说话没有回音，失去了一切，得到过一切，最后的维系，我最后的渴望执着于你。”这个时候，诗人便成了耳朵，等待着情人的回音，情人一旦没有声音，诗人便成了一个因“失去了一切”（失聪）而“绝望”的人。

同样与声音的诱惑有关，在希腊神话中，可能是因美女海伦带来的战争灾难，给世人提供了有关女人的声音诱惑的反转镜像。居于塞壬岛人面鸟身（鸟身隐喻着会私奔的女子）的女妖们，歌声动听，舞姿曼妙。海员们一旦听到她们的歌声便不由自主地朝她们游去，却有去无回，命丧深海。这个故事一方面警戒男人必须小心女人的甜言蜜语，另一方面却揭示出一个不可忽视的真理：在情爱学里，声音不仅是言说与倾听，它还与情欲有着更为密切的关系。

聆听是一种爱的表现。戏迷对戏子唱腔的迷恋就源于对声音的热爱。中国古典戏剧里的旦角一直由男性所扮演。在妆容的修饰下，男性所饰演的旦角风摆杨柳地上场，从小被蓄意修炼过的嗓音通道里，蓄满了处于半阉割状态下的优伶的情欲。这情欲通过声音被全部倾泻给观众，观众的耳朵就此被声音所迷乱，他们神魂颠倒、不能自已。男性观众以为台上的那位旦角是位真女子，女性观众却认定他是一位比一般男性更理解女性的奇男子。

就我看来，目前戏剧的式微与电影、电视等新技术的普及有关，更与女性扮演旦角失去了一大批女性戏迷有关。事实上，女性有着比男性更为直接的细辨情欲之貌、情欲之声的感官（反串歌手李玉刚走红，且获得大量女性粉丝，便是个极佳的范例）。

美妙的声音是对人类耳朵的一种细雨浸润式的插入。昆曲慢慢悠悠，唱腔迤逦，好似一种永远处于调情阶段的性前戏，眼看它要到高潮了，却不曾到达高潮。高潮就此被延迟、被拉长，观众因此处于一种全神贯注、不易觉察、微微醺醺、似梦非醒的情欲状态里。我相信，每当戏台上《牡丹亭·惊梦》的幕布拉拢之际，惊醒的不仅仅是台上绮年玉貌的杜丽娘，更有众多“梦里不知身是客，一晌贪欢”的痴观众。

{荒谬的情书}

这是一个金色镜头：一个名叫藤井树的女孩，在图书馆里踮起她的足尖，将一本书放上书架。一束追忆的光从窗外照了进来，若打翻了时空的忧伤，沐浴着青春舞台上毫不知情的她。

这是日本导演岩井俊二执导的唯美派爱情片《情书》里的一个镜头。既纯净又满含暗示。女孩子手中的书，名叫《追忆似水年华》。书里有一张书签，书签的背面画着女孩子的肖像。而那肖像出自一位与女孩同名的男孩之手。他暗恋着她。书签上的素描，是他向她表达情感的秘密情书。她的模样，是他的时光之签，是一帧夹在他年少时光中的芳芬而私密的画。

岩井俊二在这里揭示了一个情爱学现象，那就是情书是情爱学里的秘密使者，它有它的独特符码。对多数人而言，情书是一座由独特话语构筑的私家花园，里面盛开着昵称、赞美、絮叨、甜言蜜语等爱的花朵，只可供相爱的两者在其间嬉戏玩耍。可在人类情爱史的长河中，这私家花园常常令人惊异地变成了公共游览的地方。这一变异，充满了始料不及的荒谬，逼迫着我们去追问，情书写给谁？写情书的根本目的是什么？情书的读者是某一个具体的爱的对象，还是隐藏在爱的对象后面的庞大人群？而第一个意识到情书荒谬性的人，却是洞见力强大的西班牙作家塞万提斯。

《堂·吉诃德》里，塞万提斯给我们如此描绘痴情的骑士，他写情书给他想象中的贵妇杜尔西内亚，并派遣随从桑乔替他送信。他大声地给桑乔朗诵他的情书，当桑乔质疑骑士的情人的美貌与身份时，他大抵这样回答：海伦也好，狄亚娜也好，她们都是有血有肉的人吗？不，绝不能这样想。她们绝大多数是诗人们想象出来的，只不过是作为他们练习自己才智的基础，也好让世人有个机会知道作者是个多情的、喜欢向女人献殷勤的人。因此，我只要认为杜尔西内亚是个美丽纯洁的姑娘就够了，至于她的美貌、她的身份，就随我要怎么想就怎么想。

堂·吉诃德的这段话道明了情书的虚幻性与炫耀性。爱的主体已经不重要，重要的是书写者要向公众炫耀他孔雀的尾巴。徐志摩、胡兰成之类的情书与回忆录就属此种现象。作者基于自恋，基于自己对自己才智的仰慕，急切地要向公众表达“作家异于常人者几希”其中的“希”。这一“希”是表演性质的，亦是浪漫主义式的。他们自己把自己置于大众眼光的探照灯下，将自己的私密情感慷慨地抛给了台下的观众，令观众们跟着他们互动、演戏、唏嘘、感叹、流泪，甚至模仿、抄袭。这样的情书是对情爱的肯定吗？不，它们的存在恰恰是因对情爱的不相信。它是情爱学中巨大的蕾丝花边。这花边因灵魂的膨胀，越变越大，不但掩埋了爱的对象，而且无耻地否定了情爱本身的真实意义。

当然，情书的大众化，还有另外一种情况。那便是公众人物逝去，他的情人、遗孀们忙不迭地将他们的私人信件公之于众，美其名曰这些情书是对人类文化的一大贡献。而其实质，除了能获得一大笔版税之外，很明显是人类天生的虚荣心土壤，要求她们去炫耀这一情爱果实，就连女权主义者波伏娃都不能逃脱这一荒谬的人性。这简直是个悖论。她需要大众读到这些情书，她需要别人知道她的女性魅力，她更需要萨特这样强有力的男人来鉴定她。那么，她还女权什么？

让我们返回塞万提斯的不朽名著。同是那一段落，堂·吉诃德要向桑乔表演他如何为虚幻的杜尔西内亚受苦，遂将自己脱了个光溜溜。他双手按地，倒立行走，双腿间纯洁的小阴茎可笑地倒挂、摆动、摇晃。这一意象，在王小波骑士的《三十而立》里，回光返照般重现："走在寂静里，走在天上，阴茎倒挂下来。"书中的王二认为这句话很诗意。这句话确实有些诗意。而情爱学中最美的诗意，却是秘而不宣的，它躲开公众的视线，它在不为人知的秘密之地香气四溢，它亦在电影《情书》中博子一个人站在雪地向远处对着逝去的藤井树高喊的那个镜头里："你好吗？我很好。"

{阿姨洗铁路与我爱你}

由于日本动漫在全世界的普及，颇多日语歌曲在中国传唱。日语“あいしてる”在大量的日本歌曲里出现，听上去像汉语中的“阿姨洗铁路”。其实这是日语中最常见的表达爱情的短语“我爱你”。一如《诗经》中的雎鸠之“关关”，英语中的“I love you”。

对女性而言，一旦在情爱中付出真心真意，既似辛劳的阿姨在洗长长的铁轨（川端康成因此在小说《雪国》里悲悯地感叹：“徒劳的啊，徒劳的啊”），又面临着被轰然而过的火车（情爱危机）碾死的危险。对自私的小男人而言，爱，与心灵无涉，仅仅是肉体，是推倒，是性交，是零成本的日常小事，是一件推小车般锻炼肌肉的体力活计。

日语“あいしてる”在汉语的聆听系统里，发生了奇怪的变异，它把无法触摸的情爱话语“我爱你”，由听觉现象转变为视觉现象，由呼喊转变为一幅清晰可见的画面。它具有了神奇的画面美。且让我们想象一幅这样的画：一位女性，提着水桶，拿着抹布，在太阳的照耀下清洗着长长的铁轨。大家都知道铁轨无须清洗，这种劳作徒劳且毫无意义。但对清洗者而言，却是一种痴迷、一种诗意、一种存在主义式的英雄哲学。对阿姨来说，蜿蜒的铁轨是她蜿蜒的未来。她清洗，无非是在为她美丽的未来进行着神圣的洗礼。铺展在大地上的铁轨是不曾竖立的栅栏，总有一天，它们会站立起来，环绕成圈，围绕着她以爱铺垫而成的美丽家园。是的，清洗铁路的阿姨出现了幻觉，爱的幻觉，陶渊明一样的田园牧歌式的幻觉：阿姨以为辛苦的劳作可以换来美好的生活。但阿姨忘却了时间，更忘记了铁路和火车都是商业社会的产物，现代爱情早已变成单向而行的火车，讲究的是一闪而过的力度、速度、遗忘度，而非一首慢慢悠悠的两情相悦的田园牧歌。但阿姨（爱的主体）们骨子里仍旧携带着古典时代的情爱基因，村庄、小屋、栅栏、鲜花以及甜美的二人世界，这些才是阿姨们种植爱、养育爱、目睹爱成长的最为美好的空间。

为了实现这美好的梦幻，阿姨们固执地进行着洗铁路这一面临危险的盲目行为。火车迎面奔驶而过，如果躲闪不及，会血洒铁轨，碎尸数段。但爱中的阿姨，是执着的阿姨、毫不畏惧的阿姨。正如法国名模卡门，七十多岁，历经数段情感，遇到过诈骗钱财的男人，更遇到过莫名的负心汉，但当记者追问她人生最重要的是什么时，卡门脱口而出：爱。肯洗铁路的阿姨们，都是情爱中的西西弗斯。她们不会被打败，亦不会因一段毁人的铁路而毁灭，她们满怀着对这人世最为天真的信任、最为痴情的爱恋、最为可敬的执着。她们执拗地提着水桶，清洗着一段又一段铁轨，宛若搬运巨石的西西弗斯一样英勇无惧。哪怕火车呼啸而过，留下大量的烟雾、粪便、人造垃圾，她们亦永不失望，满怀激情地清洗着，一遍又一遍。

“我爱你”这句话，被脱口而出之时，便是个悲剧。正如搬运巨石的西西弗斯也是悲剧一样。从虚无的观点看，存在本身没有任何意义，人类所能做的仅仅是赋予存在以意义。存在，是一个极端荒唐的否定句。“我爱你”是一种呼喊，亦是对荒芜之生命赋予新意义的一种激情、一种壮举。人们凭借“我爱你”来肯定自我、人生以及存在本身。不断地呼喊“我爱你”的执拗，是“阿姨洗铁路”的执拗，是美的执拗，是真的执拗，更是否定存在虚无的执拗：它借助呼唤式语句，经由双重否定来肯定虚无的存在本身。

第三章 —— *Chapter 3*

{ 围城内外的红男绿女 }

{舞娘黛塔和名媛林徽因的镜像效应}

后现代社会，身体不仅仅是身体，身体是上帝赐予的镶嵌满神奇之物的器皿。这器皿盛载着各种各样的语义复杂的文化符码。世界首席脱衣舞娘黛塔，便是这样一本厚厚的百科书籍。因无论她的躯体穿衣还是不穿衣，皆宛若古代的羊皮卷一般书写满令人惊异的时尚《圣经》。

黛塔使得脱衣舞成为一种艺术。在晶莹的大酒杯前，她身着镶满钻石的塑身内衣，披挂一如即将出征的女皇。与麦当娜身着塑身内衣在舞台上高歌的含义截然不同（麦当娜强调的是女人有内衣外穿的权利），塑身内衣在黛塔的身上被归还了它原本具有的古典语意：女性的躯体，是被修剪的躯体，无论肥瘦皆需花枝般被修理得合于古典审美。黛塔在音乐声里打开香槟，肆意脱衣。黛塔的玉体如同鸟儿一般栖进酒杯。香槟、沐浴、清洗，晶莹的肉体盛放在巨大的酒杯里，与酒嬉戏，欲醉不醉。躯体在翻滚，躯体在舞动，四肢在招摇，每一个动作都在请君享用，实则在远远相拒。

黛塔是一道文化景观。每次出席上流社会的聚会，跳脱衣舞的黛塔比明星、贵妇们呈现出更为高贵的穿衣品味。她的衣着总是合体得当，她的发型与配饰总是恰如其分。如果说华裔女星白灵能把香奈儿穿成舞娘服，那么黛塔则可把舞娘服穿成香奈儿。她红唇雪肤，纤细腰肢，翘臀丰乳，充满诱惑却不可亵渎。是的，脱衣舞娘的不可亵渎。

黛塔躯体的东方镜像，是中国名媛林徽因袅袅婷婷的肺痨患者一样的身体。身世、才华、围绕在身边的知名男人，是林徽因被“神话”的三大要素，但不是林徽因诱惑力的真正源泉。林徽因的魔力在于她的自恋。自恋的女人是最美的女人。她心无旁骛，无时无刻地不在关注自身。她对环绕在她四周的男人漠不关心。她爱自己胜过爱任何人。她能将自己一分为二，幻化出男性的自我与女性的自我，并能用男性的自我去凝视那个女性的自我，赞美她，倾慕她，爱恋她，甚至轻轻地、一点一滴地、以诗性的姿势缓慢地抚摸她。

这是林徽因与脱衣舞娘黛塔同构的地方。脱衣舞舞台上从来没有男性，只有脱衣舞娘在缓歌缦舞。男性哪儿去了？男性真的只是台下的观看者吗？不，脱衣舞娘早已将自己一分为二。假想的男性之魂附着在脱衣舞娘黛塔的纤纤玉手上，隐藏的男性、黛塔自我幻化出来的男性，在为女性的黛塔宽衣、解带、轻触、慢抚。这是脱衣舞娘黛塔的魅力之源。比起色情电影中赤裸裸的男女性场面，女性一分为二的、隐藏的、未经展示的、隐喻性的替代男性抚摸的姿态，对观看者而言，更具诱惑力。它是诱惑之中的诱惑，是诱惑的平方。这诱惑在通往性爱的路上，却永远拒绝到达性爱。这不但是幻象的艺术，还是无限延续的哲学。

从自恋的角度看，黛塔与林徽因是一样的艺术家。她们如此热爱自身，如此优雅，如此深谙慢的哲学，如此明了自恋的诗性：黛塔在舞台上的聚光灯下缓慢地爱抚自身；林徽因对围绕在身边的男性蜘蛛织网般展示着自身的美貌与才华。当梁思成问林徽因为什么选择与他结婚时，林徽因对梁思成说："答案很长，我得用一生去回答你。准备好听我了吗？"（这是一句关于慢的诗性语言，它什么也没有告诉对方。它只是邀请对方来观看，并邀请对方耗尽一生的时间来观看那个"神话"了的女性的她。）

巴特说脱衣舞实际上是一种将性进行完全去魅的表演。在舞台上边跳脱衣舞边进行沐浴的黛塔证实了这个真理。齐泽克说古典爱情故事的美丽皆建立在贵妇人的不可触碰之上，贵妇人实际上是男人塑造的不可触碰的想象之物。林徽因验证了这位哲学家的观点。徐志摩便是林徽因贵妇神话的最佳献祭物。无论贵妇人还是脱衣舞女郎，二者皆是被蓄意诱导、隔离、审查、消费的身体。这身体宛若收藏在博物馆里的上古玉器，我们只能透过冷冰冰的玻璃层观看它，却无法真正触摸它们的躯体。

如果说林徽因是少女面容与贵妇气质的魅惑女，那么黛塔则是贵妇与荡妇的混合物。林徽因的性感是知识气的，黛塔的性感是女人味的。古典时代，这样风情万种的知识女性角色，由懂得琴棋书画的艺伎们所承担。林徽因的魅力在于唤起中国男性知识分子心中潜藏的秦可卿情结。这情结起始于曹雪芹，泛滥于当今。秦可卿一样的女性，是这样的女性：既长袖善舞，又艳质风流；既温婉多情，又弱不禁风；既暧昧温柔，又无须责任。相比林徽因单一的东方知识女性的清瘦之美，黛塔的美是多元而危险的。黛塔的魅力就在这里：她能将古典贵妇的形象以脱衣舞舞女的身份，幽灵般再现至后现代社会。黛塔的脸与肉身并不相悖，她的面貌与她的身躯同一。她的面孔告诉男人：我，是个女人。我，很妖媚。我，也很高贵。我，完全可以像操纵脱衣舞道具一样娴熟地操纵你。征服我，是你的荣誉。黛塔的魔术，在于召唤消失在历史缝隙中的早已离我们远去的骑士的爱情故事。

{嘉宝、赫本与梦露：三张脸的美学样本}

法国符号学家罗兰·巴特在《嘉宝的脸》一文中宣称："嘉宝的脸是理念，赫本的脸是事件。"显然，此处的"理念"与"事件"是哲学语汇表中的"理念"与"事件"。本雅明曾言："每一个理念都包含了世界的图像。"哲学家很清楚自创哲学概念的疆域，亦很清楚"理念"与"事件"这两个词汇的具体区别。对巴特来说，嘉宝的脸就包含了世界的图像，并通往美与真理之路；而赫本的脸，仅仅是一个已经发生的既成事实。

事件是无法更改的事实，亦即必须承认、必须面对的事实。在既成事实的面前，事物所有开放的多元性都变为闭合的单一性。譬如对古典基督徒而言，耶稣之死不但是不可更改的事实，还是必须承认的事件。正是耶稣之死，赎免了人类对上帝所犯的罪孽。理念与事件截然不同，理念事关美与真理。巴特的《嘉宝的脸》，展现的是巴特的零度美学，旨在赞誉嘉宝面孔上呈现出的神格，即其美学多样性，而非赫本之脸一样的美学确定性与单一性。

嘉宝、赫本、梦露的脸，分属三类美学空间。嘉宝的脸具有教堂尖顶般直达天庭的美学意味。她的眉毛、鼻子、嘴唇的线条皆命悬一线、细若刀锋，恍若在引渡众生穿越窄门。即若是善睐的明眸，多半时候亦处于半闭半开的睥睨众生的慵懒状态。滞重的眼睑，宛若搁置在俗世与天堂的一帘珍贵天鹅绒，只有缓缓掀起，才能令众生一睹天堂的真颜。一言以蔽之，嘉宝的脸以理念的方式呈现了偶像的神性，嘉宝的脸即是哲学王们的理念本身。

赫本的脸超越性别，粗眉大眼方额，模糊了两性的界限。显然，赫本的脸属于人间。这张被罗兰·巴特誉为“事件”一样的脸，一经出现，便篡改了人世间关于传统女性审美的所有成见。小鹿般灵动的双眸，小男孩般粗重的浓眉，棱角分明的脸颊，使得这张粗线条的女性之脸呈现出一种难得一见的悖论统一：既是女人，又是男人；既是孩子，又是成人；既是人类，又是精灵。赫本的脸告知我们，这是一张完美的尘世面孔，它的上面不但漂浮着综合的两性之美，还有自然界动物的灵性。她是女性美的新耶稣，她将女性美从细线条的阴柔美学中拯救而出，并拓展出新的疆域。

梦露的美则归属肉体，丰腴的、孩子气的、土地般令人想犁进去的肉体。梦露眼神迷惘，嘴唇微张，宛若不停地呢喃细语着：请吻我。这是一张饥渴的丰溢着爱之欲望的脸。微张的樱唇，好似错位的原始洞穴，绽放在脸上，似乎时时刻刻处于等待吮爱的路上。梦露之所以成为全世界男人的性偶像，是因她丰满的身躯与天真的脸庞形成了强烈的反差。梦露的面孔写满了迷途少女的常见词汇。

即若白色长裙被风旋起，她的笑容都无邪得令人心碎。天真的眼眸，微张的红唇，没心没肺的笑容，都在告诉男人：我是个孩子，我迷路了，请你给我指引。给这样的女人充当引领者，完全可以唤起大多数男人潜在的英雄主义。梦露的美是迷途羔羊的美。

通俗点讲：嘉宝美在灵魂，赫本美在社会，梦露美在肉体。嘉宝是哲学意义上的美，赫本是艺术意义上的美，梦露则是大众意义上的美。嘉宝属于天堂，赫本属于人间，梦露属于土地。嘉宝在飞，赫本在走，梦露躺着温软如泥。

{ 浪漫：情爱美学的剩余快感 }

很多人追求浪漫。年轻女孩觉得男人送她们玫瑰、钻戒便是浪漫，中年人觉得一见钟情又是一种浪漫。那么人们在寻求浪漫的时候，实际上在寻找什么呢？我认为是在寻求一种情感快感之外的剩余快感。与马克思的政治经济学中的剩余价值相类，情爱学里，存在一种情感快感之外的剩余快感，这种快感便是人人皆知却又无法定义的所谓的浪漫。

《聊斋志异》里充斥着书生与狐仙的浪漫桥段。美貌的狐仙爱上了书生，书生们却未必爱上了她们，他们只是期待发生一段艳遇而已。但这种浪漫颇有风险，书生们既想享受艳遇，却又害怕做了狐仙们的阳气赞助商。这是种两难之境。这样的处境本质上一点也不浪漫，每每书生们得知美艳女子便是狐仙幻化而来，便仓皇逃遁。此时此刻，情爱快感已所剩无几，更何来快感之外的剩余快感？

反而是美国电影《廊桥遗梦》成功地展现了情爱快感如何产生出剩余快感。处于婚姻内的女主角弗朗西斯卡（她是农夫之妻，这是多么令人沉闷的身份）渴望激情，渴望一段一生都无法遗忘的爱情。她邂逅了一位男摄影师（《国家地理》杂志的记者，他的职业隐喻了他在情爱地图上的过客身份），并与之发生恋情。四天之后，两个人天各一方。当男主角邀请女主角与他一起出走时，女主角拒绝了，说："别让我放弃我的责任。我不能，不能因此而毕生为这件事所缠绕。如果现在我这样做了，这思想负担会使我变成另外一个人，不再是你所爱的那个女人。"女主角的这段话是动人的。之所以动人，是她把一切都推诿给所谓的责任（孩子与丈夫），而其本质却被隐遁。朱丽叶对罗密欧说："我付出的越多，得到的就越多。"这句著名的爱的悖论同样适用于《廊桥遗梦》里的女主角："我所担负的责任越多，我得到的就越多。"（她等于在说，我离你越远，我得到的爱的剩余快感就越多。）

其实，影片中的弗朗西斯卡寻求的不是爱情，她寻求的恰恰是情爱快感之外的激情，亦即剩余快感。有过一次婚姻经历的她，是一个消费情爱剩余快感的高手，她十分明白剩余快感在情爱里的重要性。对她而言，四天的短暂之爱产生了弥足珍贵的剩余价值，她将依赖这个剩余价值，而使下半生生存在激情之中。弗朗西斯卡在这剩余快感里完全成了艺术家，她能依靠短暂之爱来构筑一件完美无瑕的爱情艺术品。她将摄影记者搁置在一个完全神圣的、私密的位置来爱（偶像皆来自距离）。而整个影片的浪漫基调，都是建立在女主角的丈夫不知情的情况下。我们设想一下，倘若她的丈夫（他是个农夫，农夫在这里代表了愚钝）知道了她这一段恋情，并因爱她或别的原因保持了缄默，女主角的这段感情还浪漫吗？如若这样，浪漫之感就会荡然无存。正如齐泽克所言，没有比众所周知的秘密还能被称为秘密更为可笑的事情了。

《廊桥遗梦》中弗朗西斯卡的这种将情人距离化、完美化、神圣化的做法，与经过杜尚签名的那个著名的小便池相类。小便池本身不是艺术品，它只是一件普普通通的日常用品。可它一旦被签上了杜尚的名，被搁置在特定的艺术展览中心，它便成了艺术品。女主角的情人本身并不怎么神圣，并不一定值得她用余生去爱他，但她将他置于她特定的、神圣的情爱学领域，那么他就变得浪漫、温馨、光辉灼灼起来。她真的爱他吗？不，我认为她爱的恰恰是自己构筑的这个爱情故事，她爱的是情爱快感所产生的剩余快感，她爱浪漫的感觉远远胜过爱她的情人。

{暗恋之暗}

暗恋这种情感，令我惊异的恰恰是它的名不副实。

我们能够看到，无论是在艺术作品中，还是在现实生活里，暗恋不但是一般的“明”恋，往往还是众所周知的“明”恋。譬如日本电影《情书》中，就连学弟学妹们都知道男藤井树在暗恋着女藤井树，唯独处于情爱中心的女藤井树不知道。有时候它甚至名不副实到这样的荒诞程度：被恋者皆知道谁在暗恋他（前段时间赵薇就对媒体声称，大学期间，她与她的同班同学都知道黄晓明在暗恋她）。那么，这样的暗恋还是暗恋吗？暗恋这个词汇里的“暗”字，究竟指涉的是什么？

蒲松龄的《聊斋志异》里记录了一则颇为动人的痴情传奇。一位名叫孙子楚的男子，爱上了富商之女阿宝，魂牵梦萦，难以释怀，遂将自己的魂魄寄居在一只鹦鹉的身上，飞进了阿宝的绣楼，最后与阿宝甜言蜜语，同床共枕，终成夫妻。同样是“变形记”式的爱情，安徒生的童话《海的女儿》则是个反转镜像。他讲述了一个绮丽哀伤的暗恋故事。当美丽的人鱼公主爱上了王子，为了接近王子，人鱼公主决定将摇曳的鱼尾换作人类的双腿。她去拜访深海巫婆，巫婆没有和她索要青春、容貌、听力等美好的事物，却对她说："无疑地，你想用这声音去迷住他，可是这个声音你得交给我。我必须得到你最好的东西，作为我的贵重药物的交换品！"从这段话里可以看出，所谓巫婆，就是那些犀利地洞悉了情爱絮语在爱情中极端重要的智慧女人。人鱼公主为了爱，应许了巫婆的这个古怪契约。契约生效了，人鱼公主在拥有了能够行走的人类双脚的时候，亦丧失了自己美妙的海的女儿的天籁之音——巫婆之药换走了她柔软的舌头。

安徒生试图在这个故事里告知我们，舌头在爱情里的重要性。舌头的丧失决定了人鱼公主的爱情结局，亦决定了人鱼公主爱情的性质，她成了一位暗恋者。舌头是人类重要的言说器官。在情爱学里，舌头更是具有双重价值。它不但可以在被爱者的耳边絮叨"我爱你""我想你""我依恋你"等情爱话语，还可以用来亲吻、触摸、爱抚被爱者。一个无法说"我爱你"的恋人，注定是一个在情爱牢笼中激情四溢的失舌者。孙子楚幻化为鹦鹉追求阿宝，是由人向擅长语言的鸟族跨越。鹦鹉是鸟类里最为擅言的一种飞禽。鹦鹉是一个道具，使得男人可以借着"飞禽"之语更肉麻更纤巧地向女人来表达他的痴情。而人鱼公主由半鱼半人变为人，失去了她最为重要的言说器官。这是灾难性的。它喻示着暗恋就是一种丧失情爱话语权的、被阉割的、哑巴式的情感。

由此可见，暗恋之“暗”，指的不是爱者对被爱者的情感不为人所知，亦不是被爱者不知晓爱者对他的情感，它指的恰恰是这样一种经典的痛苦场面：爱者面对着被爱者，由于羞涩、紧张、害怕，而导致舌头打卷、语音发颤，无法响亮地对着所爱的人大声喊出“我爱你”这句情爱学中至关重要的话，从而失语、变哑，默默地将这撼动灵魂的语言，蜷缩在心的一角，保持了甜蜜而疼痛的缄默。

{情爱桃花源}

中国古典文学在曹雪芹的笔下来了次最为华丽的转身。它不再是《西厢记》式的一男一女一见钟情、二度爬墙、三更上床、四进洞房，而是以慢悠悠的丝竹乐器风格，讲述着男女主人公的青梅竹马、豆蔻年华。曹雪芹就此在贫困交加的茅屋里，敲响了东方古典文学由情色小说向情爱小说过渡的午夜十二点的钟声。

在《红楼梦》这本伤感主义风格的小说里，情爱对象清晰地分裂为两个对立的区域：幻想域（林黛玉）与真实域（薛宝钗）。林黛玉是贾宝玉躲避肮脏现实的情爱桃花源。林黛玉不说世俗的混账话，正等于桃花源里的人“不知有汉，无论魏晋”。由于幻想域与真实域无法共存，乌托邦道路自我闭合，桃花源注定无法被两度进入，林黛玉必然早夭。死亡是切断情爱桃花源的唯一方式。

但日本小说家村上春树的小说《挪威的森林》比《红楼梦》更惟妙惟肖地描述了情爱主体进入桃花源、被道路阻隔以及因道路的迷失彻底与桃花源断了关联的过程。虽然这部小说是以甲壳虫的名曲而命名，但其本质却不过是从情爱学的角度讲述了陶渊明的《桃花源记》而已。小说里的直子属于幻想域，绿子属于真实域。直子与男主人公渡边只有一次灵肉相融。这次灵肉相融之后，渡边再也不能进入直子的灵魂与肉体，虽然他为此做过种种努力。

直子与渡边的一夜真情，是直子的灵与肉对外界开启的唯一的一次。但当时的渡边并没有意识到这一点，正若武陵渔夫不知自己一旦离开，就再也无缘于桃花源一样。《挪威的森林》这首歌是直子存在的符号。直子就是渡边的青春、梦幻、所渴望进入的森林。小说中绿子问："你爱我吗？"渡边答："当然爱。""有多爱我？""爱到全世界的森林都倒掉。"很多人忽视了"全世界"这三个字，这三个字恰恰暴露了渡边潜意识里对迷失于森林之外，无法进入森林的恐惧与不安，为了找到路径，他宁愿所有的森林都倒掉。由此可见，并不是绿子的出现替代了直子，而是一个徘徊于乌托邦之外的人，因对桃花源"寻向所志，遂迷，不复得路"的万不得已，而进行的现实妥协。事实上，他的耿耿于怀比因寻不到桃花源而病故的南阳刘子骥，有过之而无不及。

然而，更为有趣的却是昆德拉的小说《不朽》。如若说前两部小说讲述了情爱主体寻觅桃花源而不得的悲痛，昆德拉则以反转的角度，讲述了桃花源为何弃绝人类，以及对人类全部关闭的根本缘由。这正是昆德拉区别于其他小说家的伟大之处。《不朽》中的姐姐阿涅丝与妹妹洛拉相对立。作为真实域的洛拉用尽一切尘世的手段想令别人记住她、爱她，并最终掠夺来姐夫保罗的爱情。作为幻想域的姐姐阿涅丝却是个厌倦争执、渴望灵魂的宁静，和人类分道扬镳的人。她对这个世界的丑恶厌倦到这等程度：她希望到花店里买一株勿忘我，“她要把这株草举在面前走到街上去，眼睛紧盯着它，除了这点美丽的蓝色外什么也看不到。这是她想保留的她已经不爱的世界最后的形象”。

这里的勿忘我是阿涅丝通往外界的唯一路径。当这株草萎谢的时候，就是阿涅丝自动切断所有通往外界的道路之时。这个肮脏而充满争执的世界没有安静，而桃花源里却有。阿涅丝选择了真正的宁静，但这宁静亦令她在自己的身后闭合了生命之门。歌德的诗歌伴随着她关闭生命之门时那“啪”的一声：

在所有的树梢上，
你几乎感不到，
一点风声，
林中的小鸟不吱一声。
耐心点吧，不用多久，
你也将得到安息。
……

{擦肩而过：都市迷宫的情爱效应}

女作家张爱玲在小说《封锁》里讲述了一个这样的故事：一男一女因战争而被封锁在电车里，两人对起话来。短短的时间，二人调情调得春意融融，春心荡漾。但当封锁开放时，电车里点上了灯，女主人公一睁眼望见男主人公遥遥地坐在他原先的位子上，她震了一震——突然明白他的意思，“封锁期间的一切，等于没有发生。整个的上海打了个盹，做了个不近情理的梦”。颇多中国读者认为张爱玲在此精确地描述了一种无奈的、擦肩而过的都市式情感，却不知张爱玲描述的仅仅是一种特殊时期（战争）的特殊境遇而已。其实早在十九世纪，敏锐的法国诗人波德莱尔就在他的诗歌《给一位擦肩而过的妇女》里，精确地描绘了都市人日常生活中所遭遇的短暂的、受辱的、震惊式的擦肩而过的情爱片段，并且洞悉了这种情感的频频发生地——那便是人群熙攘的资本主义大都市。

波德莱尔虽然洞悉了擦肩而过的这一情感只能发生于大都市，却不清楚大都市何以给人类造成这样一种崭新的情爱片段。本雅明却比波德莱尔更为明晰。在其风格独特的散文作品《驼背小人》里，有这样一句话，“在一座城市中不辨认方向，这不算什么。但在一座城市中使自己迷失，却需要训练”。显然，本雅明将一座城市视为一个巨大的迷宫。在本雅明的视野里，城市就是迷宫的隐喻。

终生痴迷于迷宫、时间与空间的博尔赫斯，在他的一篇名为《两位国王与两座迷宫》中描述过这样一个故事。巴比伦国王专心修筑了一座精巧的迷宫，并用这迷宫戏弄了来访的阿拉伯国王。阿拉伯国王走出迷宫之后并不恼怒，他邀请巴比伦国王到他的国家去，因他的国家也有一座迷人的迷宫。那么他的迷宫是由什么构筑的呢？他的迷宫是一个天然的大沙漠。在这里，我并不是要讲两个国王的两座迷宫的区别，我想指出的是博尔赫斯所描述的这两座迷宫（人造迷宫与天然迷宫）恰恰隐喻的是我们的生存空间，那便是我们日日夜夜生存其间的大都市。我们所遭遇的擦肩而过，正是由都市迷宫所引发的一种情爱效应。

现代大都市高楼林立（若巴比伦国王的建筑迷宫），成千上万的陌生躯体会聚于大都市，数不清的人类——一若沙子，相互陌生又相互拥挤（若阿拉伯国王的沙漠迷宫，我们姑且命名为人群迷宫）。一个在这建筑迷宫与人群迷宫所构筑的双重迷宫里卑微行走的人，要邂逅到另一个自己钟情的人，单靠穿越迷宫的能力根本就不可能。要依靠概率、偶然与一种神奇的类似命运的东西组合在一起，才能发生奇迹。

台湾漫画家几米的漫画作品《向左走，向右走》，就很好地画出了都市人在建筑迷宫里穿行的困境。漫画里两个生活在都市的年轻人，一个人习惯性地向左走，另一个人习惯性地向右走（他们以截然相反的方向，行走在都市迷宫里）。在一个偶然的机会，他们邂逅。彼此相聊甚欢，相见恨晚，甚至留了电话号码以备日后联系，却因雨水濡湿了纸张，导致字迹模糊，他们再也没有遇到对方。但他们“逗过同一只黄色小花猫，同一只流浪狗，在阳光微弱的早晨，听到同一只乌鸦的叫声”。原来他住在她的隔壁，他与她相隔只有一层墙壁。但就是这薄薄的一层墙壁，将他与她隔离在无限的两极。几米的这个故事，着重表达的是都市建筑迷宫对人类情爱所造成的伤害与疏离，因为漫画中的画面多由建筑物与孤单的人组成，人群就此隐在漫画的背面，冷漠、拥挤地偷窥着男女主人公的情爱命运。

日本作家村上春树的小说《遇到百分之百的女孩》，则更注重人群迷宫与建筑迷宫的双重交汇。“我是在花店门前和她擦肩而过的，那暖暖的小小的气块儿触到我的肌肤。柏油路面洒了水，周围荡漾着玫瑰花香。连向她打声招呼我都未能做到……走几步回头时，她的身影早已消失在人群中。”在这里，大都市的建筑作为幕景坚实地存在于眼前，一句“她的身影早已消失在人群中”，将大众会聚的人群幕布刷地拉了下来，她消失在人群中之后，一个不曾来得及展开的都市情爱故事就此结束，而迷宫却继续恒久地存在于都市人的四周……

{独一无二：女性情爱的误认陷阱}

相爱的时候，爱者把被爱者看成是独一无二的。同样，他期待被爱者如此看待自己。但对女性而言，她们更容易跌入“我”是独一无二的虚无陷阱。

网络上曾流传一个这样的纯情故事。一位女白领与一位搬运工青梅竹马、两小无猜，长大后因身份差异面临分手。分手的那天，搬运工按照女白领的要求背着她爬上她所住的高层。后来，女白领认识了一位男白领，并向男白领提出同样的要求。男白领将其背在背上，乘电梯而上。女白领遂与男白领分了手，回到了搬运工的身边。据说这故事感动了很多女性。但我提及这个故事，恰恰想指出的是这个故事中所蕴含的情爱误认。

显然，这个琼瑶式的纯情故事具备了言情三要素：一、主人公的身份差异（女白领与搬运工）。二、爱的考验（爬楼梯）。三、爱的逻辑（他爱我，才背我上楼梯）。正是这爱的逻辑导致了爱的误认。搬运工一层层背女白领的蠢笨行为，被女白领等同为爱的独一无二：

"我"是女皇，"我"要求什么，他便满足"我"什么，因此，他是爱"我"的。但她真的是独一无二的？不，当然不是，仔细考虑一下，搬运工的职业就是搬运物体，他背她上楼，可能只是职业习惯而已。

在我看来，这个故事阐明爱的误认的同时，更说明了纯情者与痴情者的本质区别。纯情者频频行走在低劣言情小说的现场，而痴情者多风情万种地穿行在大师们的经典文本里（曹雪芹笔下的林黛玉、歌德笔下的维特等）。纯情者愚昧，痴情者智慧。纯情者多转移爱、物化爱、误认爱；痴情者多懂得爱、分析爱、辨别爱。纯情者将爱转移、物化之后，便跌进了自设的情爱陷阱，最佳的范例便是《色·戒》里王佳芝的话语，"这个人是爱我的"。这首先是一种自恋，其次才形成情爱。比对一下，我们便会发觉，王佳芝的情爱逻辑与女白领的情爱逻辑如出一辙：他爱我才给我买钻戒。但事实是，钻戒对她而言极具情爱价值与经济价值，而对易默成这样一个政治团体的领导人来说，无非是一种表达性交易的方式而已。是她爱上了他，而不是他爱上了她。这正好与痴情者构成了鲜明的对比。因痴情者判别爱的首要前提为"我是爱这个人的"。黛玉对宝玉说"我是为了我的心"（你在我心里独一无二）。

然而，莎士比亚的经典爱情剧《罗密欧与朱丽叶》以一种情爱二重唱的形式，再现了独一无二在情爱学中的滑稽。众所周知，刚出场的罗密欧是一个失恋者，在遇到朱丽叶之前，罗密欧爱着一个叫罗瑟琳的美女。他如此赞美她："丘比特的金箭不能射中她的心；她有狄安娜女神的圣洁，不让爱情软弱的弓矢损害她那坚不可破的贞操。她不愿听任深怜密爱的词句把她包围，也不愿让灼灼逼人的眼光向她进攻，更不愿接受可以使圣人动心的黄金的诱惑。”她贞节、完美、不喜听甜言蜜语。她是罗密欧眼中、心里的独一无二。但当比罗瑟琳更美的朱丽叶出现在罗密欧的面前时，移情出现了，独一无二的二重唱响起：“瞧她随着女伴进退周旋，像鸦群中一头白鸽蹁跹。”在此，旧爱的光环褪去，新欢的火焰升起。朱丽叶占据了罗密欧的心，占据了罗密欧的爱情神殿。她成了又一个独一无二。

那么，究竟是罗瑟琳还是朱丽叶是罗密欧的独一无二？事实上，人的一生会有多段恋情，而多段恋情中每一位被爱者在爱的现场皆是独一无二的。对男性而言，爱情的殿堂女神林立。新神香火旺盛，旧神无须摧毁。但对女性而言，爱情的殿堂只供奉着一尊金神。正是这一点，使得黛玉与宝玉在情爱中始终不能对等。

在情爱里，不仅仅是黛玉与宝玉这等小儿女处于严重的不对等状态，仔细地阅读萨特与波伏娃的情爱书信，我们便会发觉，波伏娃与萨特的情爱关系亦是不对等的。波伏娃期待萨特视她为独一无二的女性，萨特也确实这样看待她了。但可怕的事实是，在萨特眼里，他喜欢过的每一个女人皆是独一无二的。他是她生命里的重心，而她却仅仅是他生命中的一个花环。

因此，所有流传至今的爱情绝唱，皆以死亡的方式占据“你”

是“我”的唯一的这一情爱高峰。梁山伯与祝英台如是，林黛玉与贾宝玉如是，罗密欧与朱丽叶如是。我们可以设想，风流倜傥的罗密欧倘若不死，某一天遇到比朱丽叶更美的女人，他会再次移情，再次咏唱起他心中的独一无二，送给他最新的爱人。

{ 爱是美的徒劳 }

与西方情爱的阳刚哲学相比，东方情爱却以一种古怪的阴性形式展现出来。譬如曹雪芹的小说《红楼梦》，譬如紫式部的《源氏物语》。然而，将东方情爱的阴柔美学发挥至顶峰者，恰恰不是这两个人，他们只是传递这月光之美极其重要的一环。以《雪国》获得诺贝尔文学奖的川端康成，这男扮女装的歌人，就以一种近乎天籁的女声，妖媚而凄绝地诱惑我们前去倾听他阴柔至极的文字之音。

《雪国》是一部富有日本物哀美学的小说。当处于偏僻之地的艺伎驹子爱上东京来的有妻室的岛村时，爱的结局已经表现为一种不可能，用岛村的一句话来说，“徒劳的呀”。驹子也知道这是徒劳的。可她爱就爱了，她是热烈的，她年轻、美貌、干净、生机勃勃。而岛村是悲哀的，他冷淡、颓废、虚无、死气沉沉。驹子爱上的是一堵月光之下的荒凉之墙。这墙有一种病态的颓废美，因他自身没有光源，他被虚无之光所照射（月光之美，仅仅是一种反射之美）。很多川端康成的书迷独独痴迷于他语言的唯美，却不明白《雪国》中那位以“清澈得近乎悲戚的优美的声音”而出现的名叫叶子的女子有何含义。其实，叶子是驹子的一个镜像。或者说，叶子是驹子被作者具体化了的灵魂。这灵魂在小说里以独一无二的声音之美的面貌呈现。

我们稍稍注意，便会发觉，叶子每次出场皆伴以美妙的声音：她在火车上呼唤她的弟弟，她在行男快要死的时候找寻驹子，她在临睡前洗浴时要唱着民歌……直至她从蚕楼上掉了下来，更是伴随着宏大而撼人的巨声，岛村突然感觉到“银河好像哗啦一声，向他的心坎上倾泻了下来”。小说以岛村第二次到雪国开头，这是写作技巧极端高明的作者的蓄意安排。他在火车上遇到叶子，他被叶子的声音所吸引，他在这声音的伴随下来到雪国。很明显，叶子是驹子的爱之心声。这声音在岛村第一次到雪国，在春天里邂逅驹子之日起，就远远地呼唤着他、诱惑着他，他因这爱的声音而抵达。

作者在小说里栩栩如生地描绘了雪国的三个季节——冬、春、秋之美。那么对于注重自然变迁、感物伤怀的日本人而言，这里显然有一季风景缺失了，对川端康成这等追求唯美的作者更是如此。那么，夏季哪里去了呢？夏季在爱到炽烈的驹子那里，驹子就是火热的夏之女神。在我看来，驹子的名字是个隐喻。川端康成的《雪国》，有着一个更为古老的故事雏形，它来自于一个放大的、唯美的蚕茧。这蚕茧记录在中国古典志怪故事《搜神记·女化蚕》里。《女化蚕》中讲了这样一个离奇的爱情故事：一位女子的父亲出去远征，女儿因思念父亲而对家里豢养的一匹白马许愿：“你如找回我的父亲，我便嫁给你。”白马嘶鸣而去，真的将其父载回。女子反悔，其父将白马射死，将马皮挂在庭院里暴晒。那女子见了马皮嘲笑道：“你区区一匹马，想娶人为妻，不是自己找死吗？”话未说完，暴怒的马皮将女子紧紧地狂卷而去，从此徙居于桑树。这便是传说中蚕这种生物的源起。显然，川端康成读过这个故事，并被这个故事所震撼。驹子就是那匹追求爱情的白马。这是一种多么美妙的性别倒转啊，在这里，勇敢的女性代替了暴戾的男性。这种对爱、对情不顾一切地热烈追求，以叶子（这也是个符码，桑叶是白马与他的爱情最终的栖居家园）替驹子传递情爱纸条的一个场面深刻地被表现出来。

叶子将纸条递给岛村，她哀求岛村好好待驹子。岛村说，“可是，我并不能为她做什么事”。岛村在拒绝，叶子在颤抖，这是驹子爱的灵魂在颤抖啊！岛村说他要回东京了，叶子说她也去。岛村问她至东京以何为生，她反问：“你不能雇我当女佣吗？”这句询问之语是爱至极限的、希望日日与情人相厮相守的女性的卑微之语。同样是这句话，令岛村明白这爱之深沉，他唯有逃离。这个时候，他听到“驹子撞击墙壁的空虚回声”，他听到那声音“犹如雪花飘落在自己的心田里”。他该走了。而叶子必死（驹子的肉体日后必无所依），这爱的灵魂必死于情欲之火，必死于蚕房之地。叶子从着火的蚕房上落了下来，驹子抱住了她，驹子与自己的灵魂合二为一，她抱着她就若抱着“自己的牺牲和罪孽一样”。

八万字的《雪国》，实际上是围绕着一句情爱虚无主义警句展开的，那便是：爱是美的徒劳。爱真的是美的徒劳吗？是，或者不是。小说里的驹子，在灵魂死后，她的肉体终将过着一种没有爱、没有激情的行尸走肉的生活。从这个角度看来，爱，真的是美的徒劳。但在驹子的灵魂与肉体的生与死之间，川端康成用他潜藏的文字之爱编织出了一匹绝美的绉纱，这难道不正是川端康成在否定他自己吗？如果说爱是美的徒劳，那么这抵死之爱的丰盈盛放，原本便是构成美的不可或缺的一部分。

{ 永恒的轻浮 }

导演赖声川的话剧《暗恋桃花源》在国内一直赞誉颇丰。对不曾接触过先锋戏剧的人们而言，这部话剧从结构到对白，确实新颖鲜活。而读过或接触过布莱希特戏剧、尤奈斯库的《秃头歌女》与昆德拉的《雅克和他的主人》的读者而言，这部剧本的新鲜感将丧失殆尽。这其实说明了一个问题，就是在文学创作方面，我们的原创性在严重地萎靡。

现在，我之所以提及它，是因这个剧本与后者的区别，它缩小了自身的哲理研讨范围，它涉及的是完完全全的情爱范畴。“暗恋”剧组侧重讲的是时间对相爱者的阻隔。“桃花源”剧组侧重讲的是人类情爱因围城困境所造成的空间渴慕。疯女人在两个剧组间貌似精神错乱地找寻刘子翼，实质上既是一种对时空与剧组之间的链接，又是一种对该剧的情爱话题的深度揭示：漫步在布满荆棘的现实花园，人类对爱与美的找寻，大多时候获得的不是满怀鲜花，而是一个个灿烂的等候式伤口。

该剧使我感兴趣的是几个角色的命名：江滨柳、云之凡、老陶、春花、袁老板。江滨柳是个等待的符码，男性姓名在文艺作品里的植物化，演示着时代的变迁与女性在情爱中的位置变更，她们在情爱学中扮演的角色由古典的等候状态置换成了一种轨迹不定的漂游，女主角云之凡的名字就是最好的注解。而袁老板莫如说是圆老板，他的姓氏道出了他与春花的婚姻，不过是在重复老陶与春花的婚姻所规划出的那个老旧的圆圈。老陶逆流而上遭遇桃花源，是对现实生活的一种虚拟性突围。在这个乌托邦里，老陶遇到了与袁老板、春花面貌颇为相似的幸福人物。这相似性是反讽的，它在明明白白地诉说着一句必须篡改的托尔斯泰语录：幸福的家庭是相似的，不幸的家庭更是相似的。

但丁在《神曲》中说，幸福灵魂的座位呈玫瑰花状，这是西方式的幸福结构观。而在东方的陶渊明看来，幸福灵魂的座位呈现的必然是乡村桃花状。那么在《暗恋桃花源》的剧作家看来，幸福灵魂的座位是什么形状呢？显然，他们认为幸福灵魂的座位不存在，如若存在，那座位也呈荆棘状，这是现代人的全部幸福观。每个人都坐立不安，每个人的臀部都被浮躁的时代刺得鲜血淋漓，每个人的生存现状都是一场争夺游戏。

从陶渊明到但丁，直至如今，时光之河在流淌，人类却越来越无法找到幸福的感觉，人类的灵魂找不到自己所属的玫瑰色椅子。人类从这个星球上攫取越多的物质，就越是感觉到孤独。而幸福与不幸，不过是一种恒定不变的重复。这是尼采所说的永劫轮回吗？我想不是，它是一种人性中所蕴藏的永恒的轻浮，盛大而俗艳地绽放在这个时代的表面。

{ 铁轨的诗学 }

埃菲尔铁塔与火车轨道，在世界范围内被摄影师与文艺女青年所钟情。此二者，是文艺女青年最为酷爱的摄影背景。与所爱的人在埃菲尔铁塔前蜜吻，或坐在长长的铁轨之上，是文艺女青年喜欢四处炫耀的场景。但比起埃菲尔铁塔的异域风情，铁轨见证爱情更为触手可及。前段时间，就看到一则这样的趣闻：一位淳朴的文艺女青年，为了拍摄到一张在铁轨上长发飞扬的照片，差点被疾驰而来的火车碾压。文艺女青年们的“阿姨洗铁路”情结，由此可见一斑。每次看到这些文艺女青年以铁轨为背景的照片，我总不由自主地问：究竟是什么，让铁轨成为吸引摄影师与文艺女青年的最大诱因？

工业时代的闺怨诗

文艺女青年之所以是文艺女青年，在于她们关心的既非生活中的琐屑小事，又非家国大事，她们只热衷一件事情：她们那惊天动地的魅力。她们懂得，男性是女性魅力的最佳检测剂。你身边的名男人几多，便证明你魅力几何。如何谈情说爱，谈情说爱的时候如何浪漫至死，如何周旋在情爱的暧昧场所，是她们终生钻研的女士必修课目。

浪漫总是与离别有关，柳永“执手相看泪眼”的离别曲调在世间传唱千年。图像时代，游吟诗人隐而不现，影视艺术作品开始传播这些离别场面：一、港口；二、火车站；三、机场大厅。港口的道别，无须泪眼，因海水本身便可以幻化为巨大的离别之泪。轮船庞大的身躯与挥手道别的渺小人类形成强烈的对比，好似命运借着巨大的机械物显山露水，告诉人类，离别是命数，属天意，非人力所能改变。由杜拉斯所著的《情人》改编而成的电影，完美地展现了这一幕。火车站的离别，上演的则是具有舞台效应的窗口剧。一对恋人，一个镶嵌在火车窗口内，另一个站在站台上，痴痴相望，眼睛里满是晶莹的液体。这类镜头在言情剧中数不胜数。飞机场是最没浪漫气息的离别场所，这里既无海港送别的自然泪眼来助阵，又无火车站送别的戏剧性窗口效应，人们穿梭往来，好似两粒沙子被扔进了沙漠，没有任何线条与边框为离别划分出迷人的场景，离别顿时沦落为一出鸡零狗碎的人生谐剧。

由作家北村的小说改编而成的电影《周渔的火车》，便是此类以火车为道具的爱情浪漫主义佳作，火车连接着分居两地的男女主人公的浓浓爱意，长长的铁轨成为缠绵之爱的见证物。火车、铁轨在这部影片里成为爱情的最佳转喻。作为火车的附属物，铁轨代表着远方、离别与思念。铁轨蜿蜒一如思念，思念似线一如铁轨。火车单调而絮叨的“咣当咣当”声，是李清照“凄凄惨惨戚戚”的现代性变调。只是彼时的哀叹声由闺阁佳丽所发出，而今却由机械声息代为歌咏。农耕时代的闺怨诗，在工业时代，直接以铁轨的形式编织在人们生活的大地上。将影视中的情爱奉为爱情圣经的文艺女青年，凭借直觉领悟到铁轨与爱的暧昧关联。那些多愁善感的妙人儿，每次听到火车疾驰而过的声音，必然要想到远在他乡的情郎。即若远方没有她们所思念的情郎，也要以堂·吉诃德为榜样，造一个影子情郎用于思念。于是我们便看到大量诸如此类的摄影作品：一位长发飘飘的女郎，或站或坐或卧于铁轨之上，她多半精神恍惚，一脸忧伤。看照片的人啊，你要明白，这是一帧关于爱情的照片，她在思念远在他乡的情郎。

时间的隐喻

当然，我们还会看到另一类照片，此类照片多半出现在新近的婚纱摄影中：一男一女牵手走在铁轨上，他们或面向镜头，或背向镜头，但总是牵着手。在这样的照片里，蜿蜒的铁轨成为延绵的时间、无法停顿的时间、只能依靠摄影镜头才能凝固的时间。铁轨在这样的照片中，成为时间的最佳代言人。铁轨隐喻着过去、现在与未来。铁轨是被形象化了的时间。照片中男女所站的铁轨是现在时，他们身后的铁轨是过去时，他们身前的铁轨则是未来时。无论他们面向镜头或背向镜头，这样的时间观是不可更改的时间观，亦是通俗文化中展望美好未来的时间观。

中国电影导演中，姜文对火车情有独钟，他的几部电影里都出现大量有关火车与轨道的镜头。姜文是一个洞悉了铁轨的时间隐喻的人。在《太阳照常升起》中，一个名叫李东方的婴孩诞生于鲜花盛铺的铁轨上。诞生是一个时间节点，是现在时。历史已经被抛于身后，是过去时。未来铺成轨道，未来延绵展开，在鲜花盛开的现在，人类抛弃过去于身后。人们就此直奔未来，向死而生。

面对延绵的事物，人们总是有一种难言的惆怅，孔子面对川流不息的河水说：“逝者如斯夫。”这是对消逝的时间无法把握的喟叹。时间与音乐相同，人们无法看到它们的真正面孔，它们皆无相莫测，令人欢欣令人忧愁。但音乐可以听到，因此人类发明钟表，使得时间一如单调的乐曲，可以被人类的耳朵捕获。发明钟表，是人类从听觉上抓住时间的一种苟且方式。站在河岸边的孔子，看到的不是河流，而是液态化了的时间。站在火车道上的人们，望到的不是铁轨，而是固态化了的时间。对时间敏感的人，在火车与铁轨相撞的“咣当咣当”声中，聆听到的恰恰是钟表的“滴答滴答”声。铁轨是一种令人伤感的事物，因它黑黝黝的内心蕴藏着一位神秘莫测的诱惑精灵，它的芳名叫时间。

规则的隐喻

其实，以铁轨为背景的新婚夫妇的婚纱照，不仅寄喻着对婚姻生活的美好期许，还隐喻着规则。汉语里，一旦一个人有了婚外情，人们会说，他（她）出轨了。由此可见，婚姻在人们的眼里有着铁一样的规则，婚姻道德则是铁的道德。一夫一妻的关系就如两根铁轨与横木的关系。无限多的横木是无限多的性生活，但这性生活只限于夫妻二人之间。

出轨是冒险的。托尔斯泰在他的鸿篇巨作《安娜·卡列尼娜》中将男女主角相遇的场景置于火车站，是有他的理由的：一、这是一个浪漫的相遇，有爱与激情；二、这也是个出轨的相遇，安娜是个已婚妇女；三、这更是个死亡的相遇，女主人公下车不久，便看到有人死于火车轮下。小说的结尾，安娜重复了她曾目睹过的别人的命运，她在火车站自杀。这是出轨之爱对铁轨的反抗，是铁轨对出轨之爱的复仇，更是道德规则对浪漫、激情以及疯狂之爱的冷血嘲弄。

卧轨自杀的人与溺水而死的人，对死亡的看法有着本质的不同。

卧轨自杀者多半有一种以死来抵抗人类既成规则的潜意识，他们怨气冲天，以血祭轨，如安娜·卡列尼娜。溺水自杀者毫无反抗意识，他们只祈求回归于母亲的怀抱，回归于诞生前子宫的安宁。水没有任何规则可言，水柔软宁静包含一切，《哈姆雷特》中的奥菲莉亚之死便是这样的死亡意愿。

从田园牧歌的角度看，铁轨亦是诗意的。它就像横铺于大地的栅栏，蜿蜒于不同城市的旷野。它似乎要建立一个巨大无边的花园帝国，由这栅栏而围圈。奔驰而来的火车是在这栅栏上奔跑的怪兽，呜咽着，冒着烟，满载各色人等与货物，在一个个小站装了又卸，卸了又装。站在田野里的人们，目睹这没有尽头的栅栏，遵循着日出日落的生活规则，一天又一天，不知疲倦，生老病死。

第四章 —— *Chapter 4*

{爱情角逐的残酷和疯狂}

{ 爱的对错 }

睿智的莎士比亚在他的喜剧《仲夏夜之梦》里写到一种神奇的紫色花朵，叫“爱懒花”。用这种花制成的汁液滴在睡眠者的眼皮，睡眠者一旦苏醒，便会爱上映入他眼帘的第一个生物。仙后泰坦尼亚就因中了这汁液的魔法，爱上了一个吃草的半人半驴的怪物。我认为，莎翁的这部喜剧在讽喻人类在情爱方面的盲目的同时，亦在告诫我们，很多时候，人类是懒惰而短视的，尤其是在感性为主的情爱方面，他们更喜欢目力所及的第一道微光。

所谓“一见钟情”“于千万个人中遇见你”，都是相爱者在爱晕了头的时候，所说的自我诗化的疯癫情话。更有可能是这个模样：正处于荷尔蒙分泌期的他或她，在某个孤独的夜晚醒来，突然渴望激情、渴望疯狂、渴望心脏剧烈地为某一个人荡漾，于是就爱上了偶然闯入眼帘与生活里的那个人。正若被“爱懒花”所蛊惑的仙后，睁开眼睛看到了长耳朵怪物，不但不嫌其丑恶，反而如此赞美它：“我的耳朵沉醉在你的歌声里，我的眼睛为你的容貌所迷惑；在第一次见面的时候，你的美姿已使我不禁说出我爱你。”

爱的对象会随着岁月而变化。十八岁的女性和二十八岁的女性基本上不会爱上同一类型的人物。在爱的征途上，谁都可能爱错。爱错了并不可耻，仙后都会犯的错误，人类亦在所难免。重要的是我们要学会爱，在爱里成长，不轻易地自我酿制“爱懒花”的汁液。那些伤害过我们的人，某种程度上，我们应该感谢他们，是他们使得我们摆脱幼稚，变得强大。某小资女作家说过一句“爱没有对错”，被颇多盲目而不懂思维的女人错误地奉行为情爱宝典。事实恰恰相反，爱有对错。我们只要细细思索，便会发觉，爱不是绝对真理，它只是一种感受力，它有自身的对错体系。

昆德拉在他的一部剧本的序言里写过一段这样的故事：在捷克斯洛伐克被苏军占领的第三天，一个人的车被截在路上。三个士兵开始搜查，搜查完后，一位军官说：“这一切都是一个天大的误会。但这会解决的。您应该知道我们是爱捷克斯洛伐克人的。我们爱你们。”

苏联以人类的博爱之名对一个国家进行了占领，却不问一下“被爱”的人民需不需要这伟大而动人的爱情，是不是爱得太过夸张且不可原谅？爱的对错事关重大。我想探询一下，这个世界上究竟有多少事件在假爱之名，又有多少人跌进错误之爱的陷阱。

爱是一种美妙动人的情感。爱是双方的事情。可对很多人来说，爱却是一种借口、一种权利、一种侵犯别人时间与空间的最为完美的情爱霸权理由。对这样的人而言，打着爱的旗帜，可以做以下的事情：因为我爱你，所以我有权利骚扰你；因为我爱你，所以我有权利胁迫你；因为我爱你，所以我有权利干涉你的自由。那位对他国人民表达国际友爱的苏联军官显然也这么认为：因为我们“爱”你们，所以我们就可以动用坦克来表达我们的“深情”。

前几年一位自尽女子的博文在网络上热传一时。她自尽，是因她的丈夫有了外遇。读她博客里的文字，令人背脊生凉。我怜悯她，但更多的是对东方女性在情爱方面先天性软弱的哀其不争。她怎么能将自己的事业、信仰，以及活着的全部动力寄托在一个男人的身上？她爱他，她给他买最好的衣、给他购最好的物，而他不但不顾家，还拿着她省吃俭用的钱与情人畅游天下。这样的男人，她爱他的什么？她还像一只恋窝的母鸡一样，守护着她徒有虚名的婚姻。她要这样的婚姻假面做什么？难道她仅仅是想在婚姻的结构里占据个位置吗？我多么期望她还好好地活着，走出爱的迷津，并如幡然醒悟的仙后一样，在博客里写出这样一句自嘲而独立的话：“哦，我看见了怎样的幻境？我好像刚刚爱过了一头驴子！”

{爱之困境}

男人与女人位于两极。要男人理解女人或女人理解男人，需要男性化的女人（如乔治·桑）或女性化的男人（如肖邦），或者比较中性的男女（如萨特与波伏娃）。

唯美派小说家王尔德一向喜欢妙语连珠地调侃女人，譬如“女人是一种装饰用的性别”（女人是男人的修辞），“一个女人看起来比她的女儿年轻十岁，她就心满意足”（女人不看重自己的智慧），“女人从来不懂得幕已落下，戏已散场。如果真的顺着她们的意思，任何喜剧都将落得悲剧的结局”（情爱里的纠缠不止，是一种不知落幕的行径）……这些话看起来是在挖苦女人的智商，实质上却在嘲讽女人的情商。其实这种不知何谓故事已经结束的岂止是女人？张爱玲与胡兰成的故事早已落幕，偏有人不知羞耻，要将幕布大大地扯起，晾晒私事，实在大煞风景。

我注意到，王尔德说以上这些话的时候，即将转变为男同性恋的身份。据传，王尔德早期的童话，有几篇是写给他新婚漂亮太太看的，彼时他们没有孩子。其实，王尔德需要的不仅仅是一个能与他一起读童话的爱人，他更需要一个能够理解他的唯美主义思想的女人，但他的妻子显然不是。王尔德的这些话，既道出了他对全体女性智慧的失望，亦暗示了他必将走向古雅典情爱的康庄大道。对他而言，爱上一个男童，就是爱智慧、爱肉体、爱灵魂的三位一体的唯美主义之爱。

在情爱的智慧上，男人与女人永不同步。男性之爱在于他们大多时候是理性的。他们能意识到故事的开头与结尾，并能意识到什么是愚蠢。辩证地看，只要意识到自己的愚蠢就能少做蠢事。在情爱故事里，女性往往感性多于理性，她们不能意识到自己的错误，她们借着爱的缘由，扯住徐徐降落的爱情幕布，迟迟不肯让它完美地谢幕。譬如昆德拉《不朽》里描绘的女贵族贝蒂娜。

然而，更为有趣的是，在博尔赫斯的小说世界里，少有女性角色与情爱片段。为什么会如此？我发觉这位痴迷于时空迷宫的智慧老人，有一处迷宫却较少触碰：那便是女人。博尔赫斯说："镜子和交媾都是污秽的，因为它们使人口增殖。"在博尔赫斯的小说里，镜子与女人互为隐喻。女人就是镜子，镜子就是女人，它们都是繁衍之母。博尔赫斯这种对镜子的憎恶，不但导致了他对女人的恐惧，还造成了他强烈的恋母情结（乱伦的禁忌使得繁衍成为不可能之事），所以他一生皆如婴孩般安全无忧地迷恋着他的母亲。

在名篇《阿莱芙》里，博尔赫斯写到男主人公因爱着一个逝去的女人，每年在她的生日那天都去祭奠她，并因此通过情敌的相告，他看到了“一个小小的明亮的圆球，发出几乎无法忍受的光”的阿莱芙（即希伯来文的第一个字母）。他在阿莱芙这一个点上，看到了全世界。这代表着无限大又无限小的阿莱芙，即隐喻着他爱的女人，更隐喻着一个浓缩了万事万物的宇宙。它是女性化的，它在时间上繁衍过去、现在、未来，在空间上繁衍宇宙。它是圆球体的镜子，它是镜子的总汇。这正好印证了拉康的那句话：“一个漂亮女人就是一个阉割男人的完美化身。”男人与女人，彼此互为镜像，却因所处的时空不同，永处于漫漫的爱之困境。

{被爱即是灾祸}

唯物主义者马克思在《资本论》里就“人”这个词汇，有一段精彩的论述。其中有一句为“某种意义上，人很像商品”。这句话的意思是，人通过别人认识自己。张三之所以把自己看作人类，是因他把名叫李四的人看作是和自己相同的。对张三来说，李四就是以李四的肉体构成的人这个物种的表现形式。我由此想到，若说人类像商品，那么人类的情爱就像一种奇特的商品交流方式。这种交流方式自古就有，它以一种简单的话语形态而存在，那就是“我爱你”与“你爱我”这两个情爱词汇的相互回应。

当“我爱你”以撕心裂肺的呼唤得到“你爱我”的应答时，交流成功，相爱双方携手到达幸福殿堂。若“我爱你”的呼唤惨遭拒绝，或泥牛入海，非理性的爱者就无法相信自己不被被爱者所爱的事实。“我”如此迷人，“你”怎么能不爱“我”？“我”之所以向“你”呼唤“我爱你”，那是“我”自信“我”能得到这句“你爱我”。因无法直面惨淡的事实，非理性的爱者开始蒙蔽自己，构筑出种种虚幻的情爱乌托邦。而事实上，此时此刻的“我爱你”

根本没有交流出去，“我爱你”这个词汇变成了一个面具，它戴在失恋者的情爱乌托邦的面孔上，面孔之下，真实的爱者却是“我爱我”。

非理性爱者不愿意分清“我爱你”与“我爱我”这两个词汇的区别。常常在网络上见到诸如此类轻度的“我爱我”患者，他们的签名档多为“我知道你离开我是因为你爱我”“虽然我失去了你，但我知道那一刻你爱过我”等。实质上，一个人若真的爱另一人，就根本离不开对方。不爱才会离开，并选择种种离开的借口。何况有时候，被爱者出于友好，不愿伤爱者的心，用一个完美的托词婉拒而已，而“我爱我”者却将这一切当作被爱者对自己爱的暗示。“我爱我”者从来不原意承认他（她）没有爱的魅力。

昆德拉是一位深刻洞悉了“我爱你”和“我爱我”之区别的作家。他的小说《不朽》里的女贵族贝蒂娜当属“我爱我”的重度患者。当她故作天真无邪，打着“我爱你”的旗号去爱歌德、骚扰歌德的时候，歌德以智者的聪慧很快洞悉到这个女人是在“我爱我”。贝蒂娜不知道自己是在“我爱我”，她以为她在爱歌德。当歌德明明白白地拒绝她，她便开始修改歌德与她进行泛泛之交的书信，增添一些甜言蜜语，以证明歌德爱过她。

拉康说“真正的恶是假装出来的天真无邪的凝视”。在情爱学里，真正的恶是借着“我爱你”大行“我爱我”之道。在拉康的心理学中，认同分为想象性认同与符号性认同。想象性认同是指“我”

想成为什么样的人。符号性认同则有些结构主义，它注重凝视，它是对某一位置的认同，通俗点说即是“我”在别人眼中是什么样的人。一些人以爱名人为毕生的事业，因为他们想借着某个不朽的名字，处于不朽的行列（不朽的殿堂亦有结构），而非自身去创造奇迹来成就不朽。贝蒂娜就属于这样的女人。

在情爱美学里，“我爱我”（虽然它外在的标语一直是“我爱你”），是一种典型的“大他者”快感。它是想象性认同与符号性认同的混合体。它满足了“我爱我”者无穷的幻想与欲望，它更满足了“我爱我”者想象中“大他者”的凝视。它达到了“我爱我”者的目的。它有时候甚至在公众那里造成或羡慕或惊叹或嘲笑的轰动一时的社会效应：“我”是某某王子的妻子（若戴安娜王妃），某某名人爱过“我”（若胡兰成的《今生今世》），某某名人和“我”做过爱（若莱温斯基）。

当然，非理性爱者不曾意识到他演绎的正是一出“我爱我”的戏剧。事实上，理性之爱与非理性之爱的区别，恰恰是因理性之爱是一种类似于布莱希特戏剧间隔美学的情爱。理性的人懂得审视自我的情爱，分清“我爱你”与“我爱我”的界限，并不将二者混为一谈。理性之爱给被爱者自由、完满与提升。爱与尊严、爱者的基本权利有关，没有尊严、丧失了一切权利的爱无须去爱。爱是一种互相交流的情感，而非单方面压榨型的奉献。爱的基座是人之为人的尊严，而非“变得很低很低”“无论好坏都要爱”，更不是肆意发展为武力威胁。爱人，那个所爱者亦需爱你，且能尊重你爱的底线；爱家，那个家亦应该给你可以休憩的家园感，而非令人精神疲惫等。我们需要警惕的是那些吸血的爱的跳蚤，此类成群结队的情感敲诈式爱恋，恰如法国诗人阿波里奈尔诗歌所描所写：

跳蚤、朋友、恋人，
凡是爱我们的，都是很残酷的！
吾人之血悉为彼等所吮吸了。
啊啊！被爱即是灾祸。

{爱情结构和情色结构}

爱情结构是两点确定一条直线，亦即流行歌曲的歌词——“我的眼里只有你”。

宝钗到贾府之前，黛玉是宝玉目光所关注的唯一点。宝玉亦是黛玉唯一所愿意投射过去的点。宝钗的到来，对黛玉而言，改变了这局面，宝玉的目光可以投射到两个点上去，黛玉从而失去了“我是独一无二”的优势，面临着一个全新的情爱学三角框架。因此宝玉看到宝钗“雪白的膀子”发起呆来，他是这般想的：“这个膀子要长在林妹妹身上，或者还得摸一摸，偏生在她身上”——摸不得。她不是他所能亲近的——回到了所思所想的。而黛玉偏偏不理解，她嘲弄、哭泣，用泪水还他前生浇灌给她的水。所有的这一切，不过是表达一个含义：我在这里，我在爱你的位置，我如此干渴，请你用你的眼神浇灌我，我需要你爱的沐浴（我是一棵绛珠仙草，你是神瑛侍者，你的眼光就是浇灌我生命的甘霖与露水）。

情色的结构却不如此。辜鸿铭的“茶杯与茶壶”说，可当情色结构最为经典的图解。爱情有排他性。爱情最原始。爱情更似一种线性生物，它要求雌雄同体，因点与点之激烈震荡而耗减。情色不是，情色的特征更相类于淋浴头。它是以某一点为中心，蓬勃地辐射向各个领域。《金瓶梅》里，西门庆的几房姨太太钩心斗角，她们斗的实际上是肉体与物质的分配，也即茶壶分配给茶杯里的茶的多与少、得与失、好与坏的问题（这类争夺，更似一场以女人获得精液、子嗣为目的，从而从男性那里猎取物质、权利的经济分配学）。

奇特的是目前的婚姻制度，与爱情结构保持了高度的统一性。婚姻结构亦是线性的，它要求夫妻双方以彼此为重要的、唯一的、相互投射的镜像。而众所周知，两点间直线最短，从爱的几何学上来看，激情——火焰般震荡的激情，在两点间亦会耗减得最快。正若《一声叹息》里的男主人公对他的妻子所言："我抚摸你的手，就和抚摸自己的另一只手一样。"这句话讲述这样一个事实：爱的激情会被婚姻的琐屑完全湮灭。没有人会对自己的另一只手产生情欲，除非他是住在木桶里的哲学家第欧根尼（第欧根尼喜欢用自慰解决他的生理问题）。

然而，两点之外若多加一点，就会形成一条曲线或者折线，距离因此变长。这是"第三者"这个称谓的迷人之所在。第三者处在一个诡异的位置。在婚姻结构里，他是局外人，他的存在使旧有的爱情结构（现代社会婚姻结构即爱情结构）变异。因此他是过度的、淫秽的。可在新的爱情结构里，他又是局内人，他是如此的纯情，他可以为所爱的人自杀、卖命、化灰化烟。这是所有第三者爱情动人心魄的根本原因。他的位置如此吸引人。他既是情色的化身又是爱情的使者。他既是魔鬼又是天使。他是一只双头怪物。他一面是善，另一面是恶。而人类天生皆是好奇的侯爵，引诱人类的大多是善与恶并存的两位一体的事物与事迹。

{ 从罗曼史到罗曼死 }

读小说，发觉个有趣的现象，本意为爱情故事、传奇的 romance，被译为罗曼司，或者罗曼史。稍懂英语的人知道，romance 源于单词 Roman，可见罗马人是个多么诗意的民族。而汉语里，“罗曼”二字富有植物意味，它是绿色的、卷曲的、芳香的、奇异的，好似点缀在屈原辞章里灿若星辰的蘅芜香草、芷若蕙兰，藤藤蔓蔓，纠纠缠缠，借植物之躯象征、转喻、模拟了人类情欲的所有姿态。可细细端详，“司”与“史”一字之差，面貌不同，意义迥然。“司”令人想起公案、官司，若李敖与胡因梦的剑，互不缄口，罗曼不多，只剩官司，看上去就是一场罗曼司。而“史”是记忆，是历史，是个人回忆的修辞，若徐志摩、陆小曼这等才子佳人的情书，书写之初，便知是要发表的，于是字里行间，酿蜜滴油，黏答答、甜腻腻，原本就是罗曼史。

那么有没有第三种翻译法，譬如罗曼死？当然，“死”字比较煞风景。但世上很多事情，往往以美开头，以煞风景而落幕。尤其是爱情，越是罗曼始越是容易罗曼死。德国新浪潮导演法斯宾德就拍过一部这样煞风景、罗曼死的爱情电影，叫《十三个月亮之年》。影片主人公埃尔文有妻有子，有个世人眼里完美欢乐的家庭。可他是位同性恋者，他非常不幸地爱上了一位名叫安东的男人。安东和他开玩笑说："埃尔文，如果你变成个女人，我就娶你。"埃尔文就将一句爱里的调情之言当真，他喜滋滋地去做变性手术，变成了个五大三粗的女人——艾薇拉。艾薇拉面目丑陋，还讨人嫌，同性恋俱乐部驱逐她，安东更将她遗弃在街头，并清清楚楚地告诉她，他爱的是那个男性的埃尔文，而不是面前这个丑陋不堪的女人。艾薇拉去当妓女，她带了个同为妓女的女人去她以前工作的屠宰场看如何杀牛。牛在血泊里轰然倒地，她对身旁的妓女说："热血、死亡，这是动物生命的意义，死亡，就意味着生命。"为爱犯傻并丧失自我身份与性别的艾薇拉最终选择了自尽。

导演法斯宾德如此解释这部电影的名称："生活受情绪强烈影响的人们，在这一年中会忍受更强烈的压抑沮丧，就像在每个月亮年里都会出现十三轮新月，常常带来不可避免的个人悲剧。"其实，熟悉法斯宾德影片与其私生活不可撕裂的内在秘密的影迷知道，这是导演对自身混乱的情爱关系的外在归因——生活里的法斯宾德常常在有意无意间虐待爱他的人。虽然他将纠结之爱所引发的死亡归因于月亮的影响，但他拍摄这部影片，潜意识是在自我忏悔与自我救赎：1978 年拍摄这部影片之前，他的同性情人阿敏，在他的寓所因他而罗曼死。

罗曼史演变成罗曼司，已属不幸。罗曼司演变成罗曼死，那更是一件极端惨烈的事情。一些人爱人的时候，不是纯粹的灵魂之爱，而是“爱”各种世俗的外在因素：权力、金钱与名声。用一个更适当的词汇来讲，这样的“爱”本质上不是爱，而是将爱彻底扭曲为自身未曾得到满足的欲望。这样的人在他者身上寻找能够满足自身欲望的事物。当欲望无法满足，便往往由爱转恨，从而让罗曼始演变为罗曼屎。罗曼屎是焚琴煮鹤，是牡丹花下晒内裤，是你不爱我，我便骚扰你、侮辱你、毁灭你的恶俗，是猥亵、肮脏、卑鄙，是爱过之后互曝隐私的充斥大众娱乐媒体版面的故事。

{情色在别处}

在情爱学领域，我们会发觉，情色与禁忌相对立。正是因了禁忌的存在，情色才能成为情色。倘若没有被违反的禁忌，那么就不存在所谓的情色。

肉体的各部位是不公平的，在人类发展的历史上。脸，人类相互识别的符码，一直处于光辉的领域。同样属于肉体的一部分，脸有着全然赤裸面对自然的优先权利，而身体，尤其是下半身就没有这个权利。我思故我在，是哲学家的自我定位。对大多数人而言，我貌故我在才是唯一的真理。我如何区别于别人？依靠我的手、我的脚、我的心脏、我的话语？不是，我区别于别人的首先是我的外貌。我的外貌就是我唯一的标签。影视偶像的如日中天，整容美女的层出不穷，可以很轻易地证实一个事实：人类，是一群唯貌论者。

卡尔唯诺在探讨是什么使得脸成为社会及其历史的产物的时候，指出的根本原因是，脸部有着细腻的表情。是的，脸部是由五官来绘声绘色地表达情意。这很透明，亦很纯粹，这透明与纯粹是因为脸部没有禁忌。而身体别的部位没有表情，却长期地被遮盖、被禁忌。五官，在表达细腻的表情之余，亦能表达对情色的欣赏与趣味。但情色趣味的集中点恰恰不在脸上，而是在胸、腰、臀等隐而不现、被遮盖的私密部位。是脸天生不具有情色诱惑力吗？并非如此，只因我们天长日久地面对这种赤裸，我们习惯了它，我们不觉得它赤裸，我们觉得这是应该被眼球分享的一部分美。这现象天经地义，就若我们认为身体理所应当地穿衣服，应该被神秘地包裹、掩盖起来一样。

中东地区一些妇女有戴头巾的习惯，据说这是她们的信仰。头巾遮住她们的面孔，为的是免得引诱男子，唯露两只滴溜溜的眼珠，来观看这个世界。这种遮盖很明显属于一种禁忌。但正是这种遮盖，再次说明了情色与禁忌的相互关系。它表明脸若天长日久地被遮盖着面纱，脸亦会具有深不可测的情色含义。金庸在《天龙八部》里写到一个有趣的女子，名叫木婉清。她在她母亲的教育下长期戴着面纱长大，一旦哪位男子第一次揭开她的面纱，她就要嫁给他。木婉清的面纱在此处既是个禁忌物，又是个情色道具，因段誉的好奇心让这面纱全部给挑逗、诱惑出来了（情色离不开诱惑）。

兰波说，生活在别处。而我想说的是，情色在别处。脸的裸露恰恰表明了一点：情色在禁忌处、掩盖处、断裂处、开口处、破损处……开口的衣衫（旗袍的高叉）、微露的蛮腰（低腰裤）、半遮半掩的酥胸（宴会晚礼服），往往比全裸更有情色意味。白居易的长诗《琵琶行》中就既有“江州司马青衫湿”这样对身份认同的诗句，亦有“犹抱琵琶半遮面”的情色描绘。琵琶半遮使得歌伎之脸生出诱惑之美。荷马曾说过一句这样的话，“青年男子最初长出胡须的时候是他们最为媚人的时候”。这是一句色语，这句色语道出了情色之本质，青年男子的嘴唇原本并不诱人，因有了修饰物、遮盖物、禁忌物，它才变得百媚横生。

就此而言，日本导演大岛渚的电影《感官世界》不是一部情色电影，它仅仅是一部赤裸电影。这部电影丧失了全部的情色意义，它没有丝毫的禁忌物、丝毫的神秘感、丝毫的诱惑力。它之所以震撼，是因它赤裸得太彻底，大家的视觉不能一下接受而已，并非因了它的情色性。写《性史》的法国后现代哲学家福柯，就不能理解这部电影中女主角的所作所为。情色一旦丧失了与禁忌的对立，就是在推倒诱惑之栅栏。这正若海滩上满是进行裸体太阳浴的人群，没有人会觉这些白花花的肉体属于情色，这时若来一个穿比基尼的女子，反而是最迷人、最可爱、最令人浮想联翩的情色符码了。

{ 爱的创造本质 }

古希腊神话里讲述过一则这样的聊斋式爱情传奇：塞浦路斯国王皮格马利翁对一切事物皆颇为冷漠（包括女人），唯一吸引他的就是艺术，他酷爱雕刻。一天，他用木头雕出了一尊容貌绝代的美女雕像，他呆呆地看着自己的艺术品，如痴如醉。他爱上了她。他求爱神赐予他的木雕以血肉之气息。爱神听到了他的祈祷，不久彰显神迹，雕塑果真变成了有血有肉的女子。

法国社会学家塔尔德在《社会逻辑》一书里，如此谈论他对艺术品的看法："它（艺术品）是一位想象出来的情人。它所回应的不是需求，而是爱。"在这里，我想翻转他的观点，塞浦路斯国王的爱情神话，在展示男权主义的爱的神迹的同时，亦在暗示一个被大多数人所忽视的真理：爱的本质，是一种创造性的艺术行为。爱者在情爱之中，就是一位激情四溢的艺术家。他日常所做的工作，就是孕育、美化、爱抚、雕刻他心所期的被爱者（皮格马利翁用雕刻刀孕育了自己所爱的女子，一如亚当的肋骨诞生了夏娃）。他者通过爱者的欲望与爱抚，被召唤，被唤醒，直至道成肉身。在此，被爱者不过是爱者神圣爱意光线烛照而亮的光辉灼灼的艺术品罢了。

所有的神话、童话故事都是相类的，皮格马利翁的故事亦是以得到自己的所爱收场。爱情与婚姻，这古老而尴尬的二元命题，再次在艺术与实用之路上分道扬镳。本雅明说："没有一首诗歌是为读者所写，没有一幅画是为观看者所画，没有一部交响乐是为听众而演奏。"所有的艺术品都是非功利的，真正的爱情更是如此。

与皮格马利翁故事中晦涩的隐喻相比，以色列著名诗人耶胡达·阿米亥的诗歌《爱与痛苦之歌》就直截了当得多。他是第一个在诗歌里提到情爱具有刻刀品性的诗人。"我们在一起的时候，我们像一把有用的剪刀。分手后我们重又变成两把利刃，插入世界的肉里，各在各的位置。"——当"情人"在一起的时候，他们合二为一，所向披靡地裁剪世界（爱的实用性）；一旦分离，他们就变成两把各自独立的"利刃"，雕塑彼此，雕塑世界（爱的艺术性）。

阿米亥是个相信爱情的人。他虽然看到了爱的锋利，但愿意承受爱之刻刀带来的苦痛。在诗歌《给一个女人的诗》中，他用文字一刀刀地勾勒出情人的面容："你的身体白净如沙，孩子们从未曾在里面玩耍。你的眼睛忧伤而美丽，像课本里的花卉图画。你的头发纷披低悬，像该隐祭坛上的烟炷。"为了这位美丽的女子，诗人痛苦地陈述着他因爱情而抛弃了亲情（或者是友情）："我不得不杀死我的兄弟，我的兄弟不得不杀死我。”与诗人阿米亥汹涌澎湃的浪漫气质相反，博尔赫斯唯一讲述情爱故事的小说描述出的恶棍之爱令人触目惊心。短篇小说《第三者》里，两个强盗兄弟爱上了同一位女人，为了消除彼此的妒忌，在小说的结尾，哥哥对弟弟说：“我闲着没事，兄弟，今天早上我把她杀了。”在这里，我们看到刘备的名言在西方小说里的回光返照——“兄弟如手足，女人如衣服”（恶棍不懂爱情。恶棍不懂艺术。恶棍拒绝雕刻。恶棍只要实惠。恶棍不会成为艺术家，恶棍更多的时候是个唯利是图的政治家）。

若说以上的故事皆在讲述爱的塑造本质，法国小说家梅里美则以反转的视野书写了一篇雕塑伤害爱者的小说。这篇名为《伊尔的美神》的故事，扑朔迷离，精彩绝伦，神秘的气氛四处散射。即将结婚的新郎，无意间将结婚戒指戴在其父在花园里挖掘出来的维纳斯雕塑上，戒指居然无法被取下。新婚之夜新郎猝然死亡，新郎胸部被铁圈勒过的痕迹赫然可见，通过新娘的叙述，新郎似乎是被青铜维纳斯紧紧拥抱、窒息而亡。

颇多文学批评家谈论到梅里美的这篇文章时，谈的皆是他巧妙的敞开式小说叙事方式，却不曾从情爱学的角度解读它。其实，只要我们从情爱的角度入手，一切便昭然若揭。戴了婚戒的青铜维纳斯，以及维纳斯“邪恶”的脸部表情，实质上都指向一个方向：青铜维纳斯是新郎在新娘之外的隐秘之爱。新郎暗地里爱抚过她、塑造过她、美化过她，这爱抚、塑造与美化，使得青铜维纳斯道成肉身，从物幻化为人，而新郎却死于自己曾经的理想塑造物。就此，欲望的客体反转为欲望的主体，她前来索取曾有的爱的许诺——婚戒。

“爱是危险的！”（梅里美借小说里的人物之口如是说）。

{我与你}

“我”与“你”是两个焦虑的字，在情爱学里。

人称代词在哲学思维中出现，会是一件颇为讨厌的事情，因为它常常纠缠思维并打断思维。正若意大利作家加达所言：“它们是思维中的虱子。”但在情爱学里，人称代词必不可少，一旦代词缺席，就会造成主体与客体的全面消失。若“我爱你”“我想你”等短句，便属主体对客体的呼吁。它表达着这样的含义：“我”十分焦虑，“我”渴求成为“你”，但又无法成为“你”，“我”强烈地期待着“你”的回应。爱情中的男女，溢满着孩子气。他们似乎在玩一种叫回声的游戏。一旦这回声游戏因某种原因遭到阻隔，主体就陷入恐慌的境地。好似一个人对着大山呼喊，而山峰渺渺，回声无期。自我就此失去，一若泥牛入海，灰飞烟灭。失恋，就是“我”遭到彻底的否决、“我”根本不存在、“我”被对方谋杀于子宫之前的一种精子或卵子的状态。

苏格拉底认为接吻是危险的。他说：“嘴唇与嘴唇相接触，实际上就是心灵与心灵相接触。”并由此提出警示，每个想做自己主人、不想把自己的心灵流露出来的人，最好不要去亲吻那“美妙”的嘴唇。而汉字中“吻”的造型，亦在暗示“勿要动用你的嘴唇”。可见仓颉与苏格拉底所见略同。吻会诱惑人出卖心灵。当代情色间谍利用的正是这一古典理论。可相爱的人巴不得心相换、身相连。黛玉每每和宝玉闹别扭，讲得最多的一句便是“我是为了我的心”。宋词里亦有一句古时候的换心术呼唤语：“换我心，为你心，始知相忆深。”此话道出了主体的焦虑：“我”的心不是“你”的心，“我”吁请“你”来倾听、懂得、置换“我”的心，从而懂得我这个人。然而，心终究属于个体，不能二人共有。爱的悲凉就在于此，一旦脱离母体，任何人都被孤零零地遗弃在这个世界上，每个个体皆是孤独无依的。相爱的两者，只有在接吻、拥抱、做爱中，才能达到两体相融。而一些没有性高潮的女性，却喜欢询问所爱的男人诸如此类的烦絮话语：“你究竟爱不爱我？”“你爱我到底有几分？”……她们靠男人或真诚或撒谎的回复，来填充个体孤独的虚无陷阱。

托马斯·曼在《威尼斯之死》里写到大作家阿申巴赫在跟踪他暗恋的十四岁的美少年塔齐奥时，看到美少年的一个微笑，便浑身打战，躲在一个阴暗的角落，大动肝火，脉脉含情地责怪起来：“你真不该这样微笑给我看！听着，对任何人都不该这样笑。”——这句话表面上是爱者对被爱者的霸权，骨子里却是彻底的无望：“你”不是“我”，可“你”在对“我”微笑，“你”的美，将属于任何人，而不是单单属于“我”一个，“我”只是为“你”的美而死的其中之一！

{更多的人死于情爱想象界}

诺贝尔文学奖得主索尔·贝娄写过一部畅销小说，叫《更多的人死于心碎》。小说的男主人公贝恩是位植物学家，却在情场上屡遭失败。也就是说，他在植物方面是个专家，在女性与情爱方面却是个情盲。在我看来，这部小说的全部旨趣皆在男主人公的职业身份上。植物学家这一身份在这部小说里隐喻着以传统视角审视女性的男性，而女权运动的实质却是女人拒绝被植物化的一场美学运动。传统男性若再以审美植物的立场来审美女人，将女人譬喻如花、如藤、如蔓，便注定是一场美学败局。

小说里有一个这样的故事片段：贝恩的楼上住着一位容貌平庸的中年妇女（她是一株植物，但不是一株美丽的植物，这是她全部悲剧的根源）。在一个夜晚，该中年妇女以换灯泡的借口引诱贝恩和她上床。上床之后的几日，原本就不愿意与其发生性关系的贝恩躲避她。她给贝恩留下一张纸条，上面写“我的性生活该如何处置”。贝恩万般无奈，躲避他乡。在贝恩躲避他乡期间，这个女人死于心脏病。事后知其死亡的贝恩怜悯道："我看着她被按捺不住的欲望窒息而死。可怜的人儿，她的心碎了。"并因此得出了一个结论，"更多的人死于心碎，而不是核辐射"。我们稍稍注意，便会发觉，在植物学家的这两句话里，"欲望"与"心"发生了置换，他把女性的欲望器官与心等同起来。对植物学家而言，所有植物的心可能都居住在它们的欲望器官上——花是植物的性器官，花也是植物的心。

但，更多的人真的死于心碎吗？不，我想说的是，在情爱学里，更多的人死于情爱想象界。南朝宋大臣、著名学者范泰在他的《鸾鸟诗》序里早就记载过一则这样的寓言故事：罽宾王出去狩猎，从山上得到一只珍稀的鸾鸟。为了听到鸾鸟的欢鸣，罽宾王给它食珍馐、住金笼，百般娇宠。谁知此鸟三年时光，养尊处优，却欢喉不展。罽宾王无奈之下，听其爱妃之言，取来一面镜子，置于鸾鸟的面前。奇迹出现了，"鸾睹形感契，慨然悲鸣"。这句话的意思是，鸾鸟看着镜子里的同类，先是一阵狂欢，而后悲鸣。这只鸟儿为什么对着镜子如此激动呢？难道它是东方版的纳喀索斯，对镜子自恋吗？显然不是，它这是因蓦然遭遇想象中的情欲对象而引起了精神错乱。它在镜子里看到了它的理想爱人。可这理想爱人显然不是他者。因这理想爱人不聆听、不回应，并与它做着同样的动作。这说明镜子里的影像是个空无。"色即是空"在鸾鸟与它的镜像之间得到最为完美的阐释。镜子就此杀死了鸾鸟。它绝望，它哀伤，它"哀响中霄，一奋而绝”。它是惨烈的，它在遭遇情爱想象界（镜子）的同时，亦死于情爱想象界。

从爱情到婚姻，恰恰是英国作家刘易斯·卡罗尔的童话作品《爱丽丝镜中漫游记》的反转。每一个勇敢投身于婚姻的人，都是忙于回归现实的爱丽丝。镜子是一种边界，一种从美好的爱之梦（虚拟）穿越至真实的边界。婚姻不是爱情的坟墓，婚姻是一种对爱情的冒险，是对情爱想象界的一种穿越。

索尔·贝娄笔下的贝恩一直在植物化他的情爱对象玛蒂尔达。他引用爱伦·坡赞美海伦的诗歌来赞美她，他在蜜月期间对他的外甥描述玛蒂尔达睡着的姿容，“她躺在那儿像一捆蕨类植物”。但，一起生活渐久，他发觉这位有着“紫蓝色头发，姣好面容”的海伦般的美人儿，在谋划婚姻之初，便将他的名声与财富当作一个未曾开发的巨大金矿。这个时候，他看这捆蕨类植物，有着如下的感觉，“她的皮肤下暗藏着一个造物主”——她不是他想象所塑造出来的那一株美丽的植物，她是一个淘金者，她有着所有现代美女的市侩——他失望了。他的爱情死于他对情爱想象界的穿越，更死于他对植物性美女的古典乡愁。

博尔赫斯，没有哪一位诗人比他更懂得镜子。这位诗人里的拉康，他之所以惧怕镜子，在于他对镜子超于常人的、敏锐的感受力。他拒绝镜子，就是在拒绝想象界，更是在拒绝对想象界的穿越。他明白，我们——人类——不过是高踞在想象界另一侧的上帝的想象物罢了。因此，诗人在一首名为《镜子》的诗歌里，如鸾鸟般对着一切可投射的镜面哀鸣着他的生存情爱：

……

上帝创造了夜间的时光，
用梦，用镜子，把它武装，为了
让人心里明白，他自己不过是个反影，
是个虚无。因此，才那么使人害怕。
……

{情色女体经济学的荒诞探戈}

每个人皆有一具无法摆脱的身体，人们依靠它来过日常生活。古希腊哲人认为，身体是灵魂的寓所，没有身体，灵魂便丧失存在的家园。现代社会中的身体，则是商品化的身体，被性的符号标记、覆盖、缠绕的身体。性是身体商品化的最佳源泉，性的彩旗早已将灵魂驱逐出界，占据身体的每一个细胞，并写满独有的性符码与性语言。

身体的投资：整容

希腊神话中，塞浦路斯国王皮格马利翁酷爱艺术，他不爱现实中的女人，只爱自己雕塑出来的女体。这则神话，既是艺术家痴迷于艺术品的颂歌，亦道出了一个古老的男权话题：理想女性在现实生活中不存在，理想女性只是男性的艺术创造物。现代整容术是皮格马利翁故事的反转：整容界的人们，不惧冰冷的手术刀，争先恐后地改变自己的容颜，为的是取悦于想象中的那个男人——那个一直凝视着她们，爱抚着她们，为她们的完美而痴迷的皮格马利翁。

前段时间有媒体报道，国内机场、边境等出入境关口每天都出现好几个“范冰冰”，其外貌与本人证件照片存在较大差异，导致屡次被检查人员拦截盘查。范冰冰式的锥子脸，不但在民间被模仿，还被影视明星大量拷贝。以致一时间影视屏幕上皆是锥子脸，观众眼光稍不敏锐，便会分辨不清谁是谁。更有网民热传韩国 2013 年选美照片，参赛的所有女士几乎是同一张脸。这些痴迷整容的女性，热衷于集体篡改自身身体的运动，可与大家一起扭动的广场舞来媲美。

面目相似的韩国小姐

世界美在多元化，同一张面孔会使曾经的美被贬为平庸。东方女性一直在求同：同样的美德，同样的衣着，甚至同样的身体与容貌。小时候看《大众电影》，曾看到索菲亚·罗兰宁愿放弃电影女主角的扮演，而不肯在自己的鼻子上大动干戈的报道。索菲亚说：“那是我独有的鼻子，我独特的符号。”这告知我们，西方女人一直在求异：不同的德行，不同的穿衣风格，不同的面容。西方女人也整容，但像东方影视明星皆饥渴同一张面孔的行为却颇为少见。由此可见，求同的根本，在于人格是否独立。没有独立人格的女性，多忙于求同，这样她会有更多的安全感。韩国美女千人一面，中国女星百人一颌，再次证明了这一点。现代意义的整容术，从身体的角度彰显了东方女性的盲从人格，泛滥的美貌已非美貌，而是空无的洞穴、容貌的深渊。

普通女性改变容貌，为的是嫁一个富有的男人。这类女性想象中的皮格马利翁，绝对不是“屌丝”，他应该身份高贵，物质富裕，颇有品味，最好还是某一领域的“国王”。明星整容，则是期待用改头换面的方式来取悦大众的流行审美，进而获得巨大收益。显然，明星们心目中的皮格马利翁不是具体的某一个人，而是庞大的观众群体。但两者的背后，皆是身体经济学的逻辑在运转：整容是一种投资。身体经过整容进入市场，成为一种可篡改、可买卖、可交换、可明码标价的商品。身体，已经不是单纯的身体，而是被深度异化的“性感”的物体。一具明晰可见的身体，性符码累积得越多，性感指数越高，它的市场价值就越离奇。

身体的使用价值：裸露

法国哲学家弗朗索瓦·于连在《本质或裸体》一书中谈及“赤裸”与“裸体”的本质区别：赤裸是欠缺、贫乏以及剥夺，裸体艺术却将赤裸转为丰盈。当然，于连谈的是古典时代的“赤裸”

与“裸体”，而非当代。古典时代，没有整容术，赤裸的人体必然是不完美的。绘画艺术家如何将这“赤裸”的身体转变为具有艺术感的“裸体”，是颇费功力的。现代车模，大多是被整容术篡改过身体文本的模特，她们不惧怕赤裸，她们知道她们的身体早被整容师篡改成值得观看的裸体艺术。她们是完美之物，增一分则长，减一分则短。如果说整容是她们对身体的投资，裸露则是她们的生存武器，也是她们身体唯一的使用价值。

2013年5月，行为艺术家玛丽娜·阿布拉莫维奇的传记在中国出版，阅读者众。书中有大量在行为艺术中拍摄的处于苦难中的裸露照片。显然，在玛丽娜这里，裸露也是一种身体经济。我不想对玛丽娜的行为艺术进行任何评论，只想问一个问题：为什么女性更喜欢以自己裸露的身体作为艺术或商品的载体，而男性则多以他人的身体作为艺术或商品的载体？是什么决定女性如此沉迷于自身的肉体？不回答这些根本的问题，女性艺术或商品便毫无意义。男权社会，女性是被“看”的物。当代女艺术家的责任，是摆脱历史的被“看”的位置，而非一成不变地将男性的眼光再次撒播在自身的身体之上。如若需要男权目光的环视，那也应是麦当娜式的颠覆+挑战式的环视，而非将自身展览为受困的、麻木的、苦难的裸体。艺术的觉醒首先是灵魂的觉醒，女性的救赎在于如何走出身体的苦难与荣耀，走出的那一刻，便是得救的那一刻。

身体的剩余价值：隐私

任何一个成年男女都该明白，身体是自己的身体，若双方自愿，与某人发生性关系，是彼此共有的秘密。因为上床，而要求对方对自己担负责任，是颇具中国特色的私生活。它建立在这样的逻辑之上：我的身体不是单纯的身体，我的身体是有待出售的物体。我的身体一旦与你发生性关系，从此便售卖给你。因此，身体对一些曝隐狂而言，成了一个极具威力的提款机与讹诈核弹：你不给我钱，我便会曝光你在何时何地与我发生过性关系。你必须为我曾经售卖给你的身体买单！你若给我钱，我哪天不高兴，也会再次曝光你！

我们看到，无论整容还是裸露，无论出卖自身还是他人隐私，大多以女性的身体作为主体，男性的身体几乎缺席。这告诉我们，身体经济学，究其根本是情色女体的经济学。物化的女体，无穷无尽地舞动在现代性的乐符下，身上密密麻麻地悬挂着男权观念所赋予的性勋章，却高喊着女权主义。在观者看来，种种身体闹剧与任何主义无关，它仅仅是一场身体经济学的荒诞探戈在上演。

{ 在一场恶俗的喜剧中收场 }

如果我没有记错的话，第一个将笑这个表情符码直接作为小说的主题来书写的是捷克作家昆德拉。第二个则是书写《玫瑰之名》的意大利符号学家艾柯。颇多人为《玫瑰之名》这部根本不曾涉及植物性玫瑰的小说标题所迷惑，并因此做出了大量的阐释。在我看来，《玫瑰之名》本质上是一部探讨善与恶的界限的小说。且这善恶界限的地标完全建立在笑这个表情符号上（从符号学的角度看，玫瑰是植物中最美丽的笑。玫瑰之名，美好之名，笑颜璀璨之名）。整部小说描述的是一位拒斥笑、不懂得笑、站立在美的营地里反对美的善之恶魔，在成为一位极权主义修士后，所犯下的全部罪孽。

在《小说的艺术》里，昆德拉如此谈论幽默："幽默是现代精神的伟大发明，与小说的诞生相关联。""不懂得开心的人永远不懂得任何小说的艺术。"而博尔赫斯对幽默的看法恰恰与昆德拉相反，他在一篇散文里写，"我怀疑幽默是一种口头体裁，一种在会话中突发的恩赐，而不是一种书面之物"。两种几乎对立的观点中，我们可以看出笑对两位作家截然不同的意义。昆德拉的小说是完全建立在现代性的基础上的，因此他赞美幽默（主要是反讽）。而博尔赫斯是那种将根深深地扎入历史的书写者，他对现代性并不感兴趣。他的这种不感兴趣，既是对古希腊哲学的传承，又有着某种对现代性、反讽以及笑本身难以言明的先知式的洞悉力。

意大利小说家翁贝托·艾柯创作的《玫瑰的名字》，其实是一本意在给博尔赫斯“投毒”的小说。作为一位博学的、经典的、一个人可以媲美一座图书馆的作家，博尔赫斯的才华与盛誉引发了艾柯的“戮父情结”。小说中毒杀多名修士的教会图书馆守护者豪尔赫，便是博尔赫斯的化身。作为一部享誉世界的穿着侦探小说外衣的符号学小说，真正的心理学动因却源于生活：小说中的豪尔赫毒杀所有偷阅亚里士多德遗失的书籍《论喜剧》的人。作者艾柯则通过小说“毒杀”文学大师博尔赫斯。这真是一桩作者与书中人物、虚构与现实互相追逐的连环“杀人”案。

我们姑且不论，博尔赫斯对悲剧的看重与对喜剧的轻蔑是否属于极权主义，仅艾柯虚构亚里士多德对喜剧的赞美，便是一种“玫瑰之名”，一种假亚里士多德之名的对喜剧的赞美。事实上，古希腊时期，无论苏格拉底还是柏拉图，皆认为悲剧比喜剧崇高，喜剧比悲剧低俗。亚里士多德的著作《诗学》中，悲剧著述专有一个章节，关于喜剧则在论悲剧的那一章的开篇，仅仅提示一句“关于喜剧，我们以后再谈”。所谓亚里士多德的《论喜剧》，就此成了西方学术界的一个公案。有的学者认为有，只是在时间的长河里遗失了而已；有的学者认为，或许在亚里士多德的眼里，喜剧根本不值一提。也就是说，熟读经典的博尔赫斯，比艾柯更靠近古希腊哲学家对喜剧的看法，而非艾柯本人的虚构。

艾柯在《玫瑰之名》中，想要表达这样的核心主题：任何一种狂热的教条主义，在至善的名誉下便会演变为至恶，演变为极权主义。那么，这部小说留下了另外一个值得质疑的问题：在狂热的娱乐至上主义的引导下，极端的笑之恶会演变为善吗？答案是否定的：不会。在这样的条件下，恶最终只能是更恶。昆德拉在写《笑忘录》的时候，只是想给那统治他祖国的集权主义政府一记反讽的耳光，他不曾预料到反讽一旦泛滥，发展至极端，会由轻变重，会剪断自身原本拥有的超然的翅膀，成为堕落天使路西法。朱大可早就意识到了笑与反讽的这种两面性。他在《全民已经进入了反讽时代》的访谈录中说："反讽只有跟核心价值的正面建树结合起来，才能完成社会改造的艰难使命。"一旦反讽不肯与核心价值的正面建树结合，被狂热的娱乐主义所蛊惑，《玫瑰之名》里的那位善之恶魔豪尔赫所担心的局面就真正地出现了：笑泛滥成灾，笑轻如氮气，笑瓦解一切宗教信仰，笑消解一切价值体系。

现代娱乐至上主义使得我们大多数人成了艾略特的诗歌《空心人》里所描述的：

这就是世界结束的方式

这就是世界结束的方式

这就是世界结束的方式

并非一声巨响，而是一阵呜咽。

是一阵呜咽吗？我想，并非一阵呜咽，呜咽是悲剧才有的形式，而这个世界已经渐渐快乐至不需要任何厚重的悲剧了。世界很有可能在一场恶俗的喜剧中收场，且很有可能在一阵具有绞刑架的高度、墓坑的深度、放肆且空无一物的群氓合唱般的笑声之中嫣然地结束。

第五章 —— *Chapter 5*

{ 感性身体的隐喻 }

{玫瑰的隐喻}

玫瑰，是一种情爱之花。从古至今，玫瑰的歌咏一直与情诗相依相偎。人们提起玫瑰，往往第一意识到的便是盛放玫瑰与女人的单一关系。诗人里尔克便是歌咏女性与玫瑰的最佳歌人。他曾写过这样迷人的诗句：

> 我看见你，玫瑰，微微开启的书。
> 含有如此多的书页，
> 写有明晰的幸福，
> 无人能以解读。魔法之书。

任何有过性经历的男性阅读这段诗歌，便会看出，里尔克工笔画般的歌咏，描述的不仅仅是我们日常生活中观看到的玫瑰，它实际上歌颂的是处于情欲状态的花朵般层层盛放的女性神秘领地。

张爱玲就借用这一通俗含义，书写了小说《红玫瑰与白玫瑰》，并以玫瑰颜色之不同，来喻指性格迥异的两类女子。花类植物喻指女性，在民众的观念里根深蒂固，这与女人在历史语境中的具体地位脱不了干系。古典女子居于深闺，她们的优美、纤细、静雅、不事劳作，皆与植物有着完全相类的观赏意义。她们活着的根本目的，便是被男人当花朵一样种植、养护、盛放、欣赏、观看。她们以消耗脂粉、饰物、衣履、金钱为日常生活的全部教义，并借此来修饰着自己花般的容貌，以便得到赏花人的宠幸。一旦鉴赏者的眼光离开，她们就彻底不存在。她们的生死，摇摇摆摆，危机四伏地悬挂在男人的目光之间。三寸金莲就是这目光灌溉下的畸形产物。所谓“莲步轻移”“一摇三晃”“如风摆柳”等描绘女子形态的词，皆是植物才具有的特征。植物若女子一样娴静、无法行走，女子若植物一样可以被随便摆布。众所周知，花朵是植物裸露在外的性器官。而植物性的女子，对男性而言，便是最佳的情欲消费对象。男人常言“这个女人充满了女人味”。女人味指的是什么呢？指的就是植物味、花朵味、情欲味（古代名妓就是这方面的最佳范例）。作为一个作家，张爱玲意识到了女性若花的通俗意义，但没意识到对胡兰成言“我见了你，变得很低很低”，以及“她是枯萎了”诸如此类的用语，本身便是自我植物化的症候。这注定了她年轻时抛出的一片深情，只是一个易凋的花期。

其实，玫瑰还含有另外一层至为重要的隐喻。很多大作家隐约地意识到了它，但皆不曾挑破窗纸。巴尔扎克认为“任何一朵玫瑰都是一盏灯”，这是对蕴满光与热的植物花蕾，进行的第一次物理学角度的赞美。乔治·罗登巴赫则把巴尔扎克的比喻倒置过来，他说“房间里的灯是一盏白色玫瑰”。这是两个绝妙的抒情性比喻。更妙的在于，这两个比喻将玫瑰与灯进行了互喻。而日本诗人金子光晴，将这隐喻推得更远，他这样戏语他的神父朋友，说他进入天国后，纯洁的肉体将“提着灯笼去见上帝”。这句诗里的“灯笼”指的恰恰是男性性器官。自此，玫瑰花（植物性器官）——灯笼（光与热的载体）——男性性器官，三点一线，犹如三粒珍珠被摆放在一起。玫瑰隐喻谱系的另一面，就此昭然若揭。

《红楼梦》第六十回，芳官把一瓶得自宝玉的玫瑰露给了五儿，惹出一场丫鬟们争风吃醋的风波来。小小玫瑰露，怎么惹来如此大的麻烦呢？《本草纲目拾遗》中说，玫瑰露能和血平肝，养胃宽胸散郁。看来药用价值不低。但此处，有趣的不在于玫瑰露的药用价值，而在于这玫瑰露是大观园里唯一的公子哥儿的赠予，这赠予对大观园的众多丫鬟而言，本身便是一服男性之宠的药剂。安徒生写过一篇鲜为人知的童话《最美的玫瑰花》，里面的玫瑰花亦以药的面目出现。故事讲的是一位喜爱玫瑰花的皇后大病不起，医生说：“唯有送给她一朵世界上最美丽的玫瑰花——一朵表示最高尚、最纯洁的爱情的玫瑰花，这朵花要在她的眼睛闭上以前就送到她面前来，那么她就不会死掉。”她的臣民为她寻遍了所有种类的玫瑰，却皆不能将皇后的疾病治愈。最后皇后在一本书里找到了她要的玫瑰。“她的脸上露出一片玫瑰色的光彩，她的眼睛变得又大又明亮，因为她在这书页上看到世界上最美丽的玫瑰花——从十字架上的基督的血里开出的一朵玫瑰花。”这里，基督之血，最伟大的男性之血中开出最美的玫瑰。美国作家福克纳有一篇著名的短篇小说，叫《献给艾米莉的玫瑰》。整篇小说不见一朵玫瑰，只见被岁月腐蚀的玫瑰色。“败了色的玫瑰色窗帘，玫瑰色的灯罩”——败了色的玫瑰色，是变异的玫瑰色，是扭曲的情欲的颜色。这惨不忍睹的颜色，年深日久地藏在一个变态女贵族艾米莉的婚房里。艾米莉毒死了她爱的何默，因何默不肯与她结婚。一朵腐朽的死玫瑰，恒久地盛放在艾米莉生活的老屋里，散发出臭气熏天的被扭曲的情欲气味。

千百年来，一到情人节，男人们皆送自己深爱的人以含苞玫瑰，用来表达爱意。古希腊男风炽烈之时，玫瑰曾是男性送给男性情人的礼物。玫瑰的花语，专属同性之爱，后来才慢慢转化为人类表达异性之爱的信物。玫瑰朵朵，香气馥郁，花瓣紧拢，每次看到这些花朵，我便想探寻它的隐喻。从人类交换的角度而言，这些玫瑰蓓蕾，隐喻的绝对不会是女性。那么它隐喻着什么呢？直到某一天，我才蓦然明白，它隐喻的恰恰是男人，亦是男人的灵魂与肉体。而每一朵献给女子的玫瑰蓓蕾，都表达着男人们这样的话语：亲爱的，我把玫瑰献给你，我把我的爱（灵魂和肉体）献给你！

{ 门的隐喻 }

《诗经·陈风》中有一首叫《衡门》的诗歌："衡门之下，可以栖迟。泌之洋洋，可以乐饥。岂其食鱼，必河之鲂？岂其取妻，必齐之姜？"白话译文可以简略地翻译成这样：清苦的情侣，在简陋的房屋里也可以从容玩耍，淙淙的泉水也可以给他们充饥。他们说，我们虽然并不显贵，但这不会影响我们的爱情，难道吃鱼就一定要吃黄河的鲂鱼吗？难道娶妻就一定要娶齐国姜姓贵族的女子吗？

这首古典诗歌令我感兴趣的，不是宋代朱熹所解释的底层人民心满现状安贫乐道的生活图景，引起我兴趣的偏偏是诗歌中"门"与"妻"的比对。简陋的门比喻着贫穷的妻，富贵的门则代表着齐国姜姓贵族女子。很显然，在这首诗歌里，"门"不但含有门户、门第的意义，更隐喻着女性与男性截然不同的曲线优美的肉体。

《旧约·雅歌》第五章《新郎暂离新妇的忧伤》那一节中，有这样的诗句"我身睡卧，我心却醒。这是我良人的声音。他敲门说，我的妹子，我的佳偶，我的鸽子，我的完全人，求你给我开门。因我的头满了露水，我的头发被夜露滴湿”。这是一个隐晦的性爱场面，临别的新郎在向新娘求欢。显然，门在这里的含义，比《诗经·陈风》中的《衡门》里的更推进了一步。它不但指涉女性的肉体，更直接隐喻女性美丽而秘密的性器。

奥地利作家卡夫卡的文学作品，属于世界之谜，各种各样的阐释成千上万。当我阅读至备受昆德拉赞誉的《城堡》的第三章时，我读到了另外一个卡夫卡，一个与昆德拉所理解的截然相反的卡夫卡。事实上，敏感的卡夫卡一生处于双重恐惧中。他不但有着被多数文学评论家所认为的父权压抑，更有着对女性黑洞的焦虑。他处于两块巨石之间，他被挤压，他被摧毁。女性与男性不同的身体，以及她们周身所散发出的神秘气息，导致了他的探索欲。他想破解这神秘，但性格里的犹疑又使得他举步维艰。在他的眼里，女性神秘莫测，全然未知。我认为，导致他书写《城堡》的根本动力，正是他对女性之秘密的前矛后盾的原始焦虑。

在《城堡》的第三章里，卡夫卡十分形象地描述出了土地测量员K的基本恐惧（其实，这正是他自己的基本恐惧）。这一章中，K与弗丽达在酒吧里做爱，文字中出现了大量关于门的描绘。K央求见克拉姆先生，弗丽达指了指她左边的那一扇门。“那儿有一个小小的洞眼，你可以从洞眼里望见他。”“她噘起下唇，一只手把K拉到那扇门跟前，她的手柔软极了。这个小洞眼显然是为了窥探房里的动静才开的，从这儿几乎可以把房间一览无余。”K通过这扇隐喻之门看到了什么？他看到了克拉姆先生，就如他通过与弗丽达做爱，去会见克拉姆一样。

那么，卡夫卡对女性有的仅仅是黑洞焦虑吗？不，不仅仅如此。更为秘密的是，他有着强烈的恋母情结。仔细阅读卡夫卡写给密伦娜的情书，我们便会发觉这是一场不可能实现之爱情：密伦娜是有夫之妇。但有趣点恰恰在于这不可能实现。事实上卡夫卡也从来不想将他的爱情付诸实践。他短短的一生，三次订婚三次退婚，可以进一步印证他不想和任何女性结婚的事实。正因为密伦娜是有夫之妇，他才疯狂地追逐她，疯狂地给她写情书。连卡夫卡自身都不知道，在这个代偿性的情爱故事里，密伦娜的丈夫再次扮演着他可怕的父亲，而密伦娜本人，不过是母亲女神这一不可触碰的角色替代品。

卡夫卡的情书里有一句颇有意思的话，“我今天看到了一张维也纳地图，有那么一会儿我觉得难以理解：怎么人们建起这么大一个城市，而你却只需要一个房间。”很多人认为这是卡夫卡送给密伦娜的心语。我的看法恰恰相反，这是卡夫卡的自言自语，他只写给他自己。这句话的本来语意是这样的：怎么人们建起这么大一个城市，而我却只需要一个房间？（房间是子宫的隐喻）。

是的，卡夫卡是只需要一个温暖的房间，但这房间他永远不能且无法到达，正若无法进入《城堡》的土地测量员 K 一样，他找不到给他授权的人，人世间也确实不存在这样给他授权的人。而有些区域，上帝将门紧紧地关闭成一堵无法逾越的高墙，弗洛伊德却硬生生地在这墙上划出一道口子，让我们观看到人性中无奈的尴尬与悲伤。

{ 情爱美学的窗框效应 }

一幅美好的画作，大抵都需用一个精致的画框镶嵌起来，才显得完满恒久。我们观看一幅画的同时，亦是在观看另外一个世界。画廊的美妙就在于它依靠画面，敞开一个又一个窗口，给我们展现出多种不同的外部景观。这是一种窗框效应。窗框具有修饰作用，它对窗内人修饰外部景观，对外部景观修饰着窗内人，使得二者互相呈现出看与被看的镜像画面。这正应了卞之琳《断章》里的那句诗，“你站在桥上看风景，看风景的人在楼上看你”。

经典情爱故事亦是如此。《金瓶梅》里，潘金莲初遇西门庆，便是香帘半卷。美人被镶嵌在一个框子里，似一轴画，挨了一叉竿的西门庆看到这轴画，不但怒气尽散，人自酥了半边，竟然“临去回头了七八回”。可见西门庆比起莽汉武松来，对窗框美有着独到的敏感。而画里人潘金莲亦如此看她眼中框里的风景，“却在帘子下眼巴巴地看不见那人（西门庆），方才收了帘子”。托尔斯泰的鸿篇巨作《安娜·卡列尼娜》，写安娜与渥伦斯基初次相遇时，一个下火车车厢，一个上火车车厢，偶然一瞥后，再度回首相视。二人位于同一空间，不存在窗框效应。而由原著改编的电影《爱比恋更冷》，却将一篇社会伦理小说演绎为纯粹的情爱故事，镜头亦做了如下更换：由苏菲·玛索主演的安娜，楚楚动人地立于火车车厢的出口（被镶嵌的框内人），与渥伦斯基（观看的框外人）脉脉相视，从而形成二人互看的局面，营造了又一个情爱美学的窗框效应。情欲作家张爱玲就深谙此种窗框的镶嵌作用，在其代表作《金锁记》里，因性压抑而人格扭曲的寡妇曹七巧，对小叔子季泽既爱且疑，不肯借钱给他，遭拒的季泽离去，她却踉踉跄跄地爬到楼上的窗口去看，"季泽正在弄堂里往外走，长衫搭在臂上，晴天的风像一群白鸽子钻进他的纺绸裤褂里去，哪儿都钻到了，飘飘拍着翅子"。与别的窗框效应不同，这是一种倒转，是框内人对框外人单一的关注。曹七巧注定是一幅不被情人所欣赏的扭曲的画，被遗弃在情爱学阴冷潮湿的角落自生自灭。

然而，更为美妙的窗框美，却处于不为框内人所知的，或为无形或为流动的状态。《红楼梦》第五回，贾宝玉去秦可卿的房里小睡，看到了一幅唐伯虎的《海棠春睡图》，一会儿便"惚惚的睡去，犹似秦氏在前"，并由此跟着秦可卿做了个缠绵悱恻的关于命运、关于性的春梦。倘若我没有猜错，唐伯虎的这幅画，该是幅美人春睡图。宝玉之梦不过是将画里的美人与秦可卿做了一种角色替换，这种替换不但无形地把秦可卿的美装裱进了画轴，而且使得可卿作为情欲的符码，画面般永生不朽起来。川端康成的《雪国》，更是把这种窗框美发挥到了极点。男主人公岛村在火车上遇到了同车的叶子姑娘，他不是正面看她，而是通过火车上的玻璃窗悄悄地观看她。由于火车在不停地行使着，窗外的风景亦在电影镜头般闪烁不停地更换，窗上姑娘的形象便美得匪夷所思起来，“特别是当山野里的灯火映照在姑娘的脸上时，那种无法形容的美，使岛村的心都几乎为之颤动”。这种流动的窗框美，仅仅是岛村为之心颤吗？我想读者亦会为之动容。它打破了凝固的画面，使画面似月光下的水波般流动起来，虚幻与真实就此水乳交融，一若一幕适合独自观赏的秘密的唯美派小型电影。

拉康认为，我们之所以爱上一个人，是因为这个人已经进入了我们的情爱幻象框架。在这个框架里，情人的影像因框架的存在而完美理想化。框架是隔离实在界与幻象的分割线。框架内的情人完美无缺，框架外的现实丑恶腐臭。由此可见，一段感情解体之时，往往是幻象框架的解体。这个时候，实在界不可阻挡的腐烂物质入侵幻象框架，幻象框架因此解体得支离破碎。那个曾经被理想化的情人，其实丝毫未变，却因框架的失去，面临着绝对真实，从而堕入庸常现实。

有位朋友，一旦提起他大学时代的情人，便说她在火车窗口与他挥泪而别的情景。他觉得，那是他一生里最难忘的镜头之一。虽然这镜头很俗，但是他就是忘不了，他认为那天的她是最美的。我含笑而听。痴情的人啊，他一不小心，就跌进了情爱美学的窗框效应里，窗口使得他的情人在他的记忆里永恒。里尔克早就在诗歌《窗》里写道：

我们爱着的那人从未这般美丽，
当我们看见她出现，
在你的边框；
是你，哦窗子，
你使她几乎永恒。
……

{眼泪：情爱美学的盐质叙事}

眼泪是世界上最小的海洋。在情爱学中，眼泪是一种诗意的液体，它有着盐质叙事的美学意义。

为情爱落泪，分很多情况。有的是自怜自爱，有的是因恋人的苦痛。眼泪与眼泪不同，有的眼泪属于对着自我落泪。我既是演员，又是观众。我既在台上，又在台下。我人格分裂，一变为二。我观赏我自己的戏，我看到自己在爱中的受难形象，于是感动得泪水涟涟。《红楼梦》中，黛玉葬花就属此类经典，"花谢花飞花满天，红消香断有谁怜"——无人怜，那么好了，我自己可怜自己一把。黛玉所谓的还泪，实际还的是双重液体，既还宝玉，又还自己。眼泪是黛玉对自我情绪的一种清洗。

有的眼泪是因情爱之外的痛苦而落。情爱之外的痛苦，对于处于情爱之中的人而言，是一种观看式的折磨。恋人的痛苦不是你的痛苦，你被恋人的痛苦所抛弃。你成了局外人，你坐在观众席，你眼睁睁地看着恋人因痛苦而憔悴，却无能为力。你成了一个可笑的初生婴孩，除了用哭泣表达伤心与担忧之外，丧失了别的一切行为能力。

柏拉图曾在《会饮篇》中记载阿里斯托芬的情爱球形人传说。球形人是爱的巅峰。他们雌雄同体，四手四足，同思同维，能够分担彼此一切的快乐与痛苦，宙斯因害怕他们的强大，而将其一劈为二，从此人类开始了寻找自己另一半的旅途。而观看者，在旅途中找到了自己所爱的人，却生生地被弃置于台下，处于廉价的同情地位。他能做的，仅仅是流泪。泪水滴落，视觉模糊，令观看者的感官陷入短期骗局——我感知到了你的痛苦，我用眼泪在分担你的痛苦，我为你的痛苦而落泪。而事实却恰恰相反，观看者的眼泪对恋人的痛苦毫无裨益，眼泪不过是观看者自我安慰的奢侈用具。

大多情爱故事，都与眼泪叙事有关。世人无法容忍无泪的情爱故事，正若无法容忍无盐的饭菜，眼泪是情爱故事里的调配剂。《金瓶梅》里的潘金莲，多日不见西门庆来寻她，在西门庆的小厮玳安面前絮叨道："你不知道，我与他从前以往那样恩情，今日一旦如何抛闪了。"说罢眼泪就止不住纷纷落下来。在情爱学里，眼泪是爱的重要标志之一。我爱你，所以我落泪（这奠定了爱的悲剧性质）。眼泪是一种咸涩的液体。为爱落泪，相当于用盐质的液体，叙述着莎士比亚名剧《李尔王》中小女儿考狄利娅对她的父亲说的一句台词："我爱你，像爱盐一样。"

《圣经》中，将盐与光提高到同样的地位："你们是世界上的盐……你们是世上的光。"由此可见，盐对于人类的重要意义。盐拥有一种咸涩的气质，它庸常而有味，是一种朴素的结晶体。盐之爱，是一种朴素而有味道的长久之爱。盐一样的爱，是光一样的爱。盐一样的眼泪，是海洋一样的眼泪，它蕴满了爱中所有的悲喜。湘妃竹的神话传说，是人类社会对早期情爱眼泪的颂歌。竹上的斑斑泪痕，是盐结晶腐蚀之后遗留下的踪迹，是泪的光泽汇聚。眼泪，这情爱美学中的盐质叙事道具，从湘妃到孟姜女，步步升级，直至到了《红楼梦》，终于完成了它盐之光泽的神奇诗意美。

{发丝：情爱美学的撩拨道具}

大多数男人是恋物癖患者。刘德华的一句广告用语，“我的梦中情人要有一头乌黑靓丽的长发”，一语道明了男人对女性发丝的深切迷恋。然而，关于女人的发丝，诗人比演员有着更为敏锐的感受力，他们深切地知道，女性的发丝是情爱美学中颇为撩人的道具之一。

波德莱尔在他的诗集《恶之花》里有一首专门献给他的情人让娜·迪瓦尔的名为《头发》的诗歌。他如此盛赞它：“懒洋洋的亚洲，火辣辣的非洲，一个世界，遥远，消失，几乎死亡，这芳香的森林在你深处居留！像别人的精神在音乐上飘游。爱人！我的精神在香气中荡漾。”比起波德莱尔将情人的发丝譬喻为一座森林的极端植物化的狂热，诗人济慈在长诗《恩底弥翁》中描绘月神的发丝之美时，处于严重的失语状态，他只能直抒胸臆地感叹：“说吧，顽固的地球，在哪里有一事物能象征她的金发？不是在夕阳中低垂的燕麦束；美丽的姐姐，也不是你的纤手！我不该在你的面前说这蠢话——可她真有亮得使我发疯的头发。”

比对一下两位诗人赞美女人发丝的诗歌，我们会发觉一个有趣的现象，那便是男性对美丽温顺的女子的植物化审美的全部症候，正是以女性的发丝为起点的。女子如蔓如藤的发丝给了男人们植物化女性的最佳借口。这是千百年来男权文化所形成的一种审美惯性。在这列审美惯性的火车上，载满了各个时代的各样男子。而与之相映成趣的，是男权社会对难以控制的、刚烈的、妖邪的女子的描绘却是动物化的。当然，这种动物化审美，同样是以女性的发丝为起点的。古希腊神话中的满头蛇发的美杜莎、中国传说中的九尾妖狐妲己，皆在这动物化审美所构筑的囚笼里徜徉。

我们知道，美杜莎的妖邪在于发丝的变异与眼光的凌厉（脑部），妲己的可怕在于肉体的迷人与尾翼的增殖（臀部）。前者似乎想告知我们，男性因对女性大脑思想的不可知，而以女性爬虫类动物化的形象来表达自身的内心恐慌。后者却似乎在暗示我们，男性因对女性性器官处于既迷且惧的徘徊状态，唯有增殖女性的尾部，美化女性尾部的诱惑力，才能掩饰自己处于两难之境的性态度（只因你犯了美的罪，我才无法抗拒）。弗洛伊德宣称：所有的物恋患者面对女性性器官都会感到恐慌。拉康言：“我们存在的虚无是个丑闻。”他们说得没错，将女性性器官譬喻为花朵，且以繁复的装饰（九条尾巴）来美化虚无者，都是无法直面这恐慌的人，他们唯有借助花朵、多尾等来掩盖这难以理解、难以面对的“丑闻”。我曾在某网络游戏里看见过做得栩栩如生的三维九尾狐，其尾如屏，其美绚烂不逊于孔雀。我们不难发现，九尾狐增殖的尾部正是美杜莎太过丰盛的蛇发的倒转。二者对男性审美而言，皆有一种神秘、阴郁、诡异、遮蔽的视觉效果。这种美女，她们走动，她们招摇，她们发言，她们思索，她们令男人深深不安，她们因此被男权审美异化为某类难以控制的野性小动物，如蛇，如狐，甚至极端成非动物，如冤死的女鬼。

在东方荧屏中，我们很容易找到多情女鬼与狐仙的造型，毋庸置疑，她们大多长发飘飘。香港女演员王祖贤饰演的小倩，就是这种多情鬼魅的代言人。她的鬼魅之美，百分之七十该归功于那一头丝丝在风中飘散、牵愁惹恨、风月无边的长发。《红楼梦》第六十五回写到刚烈女子尤三姐的放浪风情，首句便是“那尤三姐松松绾着头发”。梅里美在他的名著《卡门》里这样描绘这位女权先驱，“她的头发虽然有点粗，可是颜色漆黑，带有蓝色的反光，像乌鸦的翅膀一样，又长又亮”。美国电影《埃及艳后》中的艳后，满头发辫，密而细实，根根若蛇，直咬肩头。看看这发型，她活生生就是个美杜莎。不管导演有意还是无意，艳后的这种造型，正是男性动物化审美下的妖邪女性再次在西方屏幕的呈现。让我们转身去看看最近科学家复原的埃及艳后的真人雕塑。这传说中的倾国女子，相貌一般，额头低垂，发髻后绾，宛然是一个中规中矩的优雅女子。影星奥黛丽·赫本一直以风度优雅著称。那么她的优雅集中表现在哪里呢？观看她的大多剧照，我们很难找到长发乱飘的造型。照片中的她，不是短发俏丽，便是长发绾起，但无论长短，皆梳理得一丝不苟。显然，赫本的照片在告诉我们，女人的优雅，首先应该是一种发丝的优雅。

中国古代女子自嫁人之日起，便要将头发盘起来，称之为髻。这是个仪式，更是一种对头发这种潜在的招惹情欲的撩拨道具的约束。它比西方的戒指更为直观。在农耕文明时代，它起着这样的广告效应，它在明明白白地告示陌生男人：不要惹我，我是个已婚女人。事实上，从古到今，女人的头发一直像默片一样说着话，只是我们不曾侧耳细听它。当然，很多时候，是一种男权话语在替它发言。我梦想这样的一天，我期待女性的头发真正地属于女性自己的那一天：它不但能够拥有自己的话语权，并能自信地说到地老天荒。

{情爱美学的肉体叙事能力}

情人与“我”远离，“我”渴望着与情人在欢聚的那刻就能相依相偎。“我”对情人的肌体饥渴，像极了孩童对母乳的眷恋，“我”要和情人痴缠成聂鲁达诗歌中所描绘的形态，才觉得满意：“亲爱的，我们紧紧相依，从我们的衣服到我们的根须，相依在秋天里，在水里，在臀部里，直到我们可以独自相依：只有你，只有我。”

王尔德的歌剧《莎乐美》里，就描绘了痴爱者对被爱者的肉体的这种难以抑制的强烈倾慕。彼时，王尔德正在迷恋美少年波西，那卓绝的男性肉体，美到令他疯狂，令他战栗，令他依偎。而他唯有假借莎乐美之口，将这秘密宣之于众。莎乐美前矛后盾地描述施洗者约翰。她先盛赞约翰的肉体：“您的身体就像园里从未染尘的百合。您的身体就像山中的雪一样洁白，就像犹太山上的雪，从山谷中流到平原。阿拉伯皇后花园里的玫瑰，都不及您身体的白皙……让我抚摸您的身体。”当她美好的请求遭到约翰冷酷地拒绝之后，她诅咒约翰的肉体像麻风病人的身体，是毒蛇、蝎子，是所有一切令人作呕的物事的白色坟墓。

这些台词，与其说是遭到拒绝的莎乐美因得不到而对约翰之美进行的诋毁，莫若说是王尔德正在灵魂的舞台上自己审判着自己。这位同性恋者，他是如此深谙男性肉体的美丽，又对这肉体之美如此恐惧。莎乐美捧着约翰的头颅，对王尔德而言，是个事关死亡的隐喻。他很明白，在当时社会，他迷恋这美，正是自己给自己挖掘象牙色的肉体墓地。他很明白。可他还说“我渴望您的身体”“让我抚摸您的身体”。他必毁于这爱，他管不住自己，他太过痴迷于肉身的唯美。

《断背山》里，两个年轻人在大自然的一场恩赐下，彼此拥有了对方的肌体，开始长达二十年的爱之旅。二十年里，他们纠缠、分离、保守着共同的秘密。李安的好，在于他能应用东方格调来处理西方叙事。很多人感动于那件血衣，而我独对厄尼斯呕吐的那个镜头动容不已。深爱过的人都知道，情到深处，会有一种痛，从心脏开始，痉挛至胃，吐、吐、吐……心理与生理双重的折磨，才使得这份情意腐蚀骨髓，成为不可消磨的记忆。且慢，看看“骨髓”这个词，“骨”属于肉体的吧？而我们想念一个人，有时候他的面孔模糊，五官不清，而他皮肤的味道、他暖暖的拥抱、他一些细小的动作，却植进肌体，渗透时间，无法忘却，绵长而密。

可见肉身在时光里，比起灵魂来说，对爱有着不可取代的强大的叙事能力。我们不长羽毛，我们不能飞，我们更无法脱离自己的肉体。《断背山》的故事很美，因导演的优雅叙事能力，爱情再次被散文化、水墨化、艺术化，我们为之落泪，我们为之感伤，我们甚至有点爱上那件血衣。而我们一旦将目光从电影中挪开，倘若又有些变态，喜欢揭起灰暗的历史之帘，去窥看一出法国戏剧，我们又会如何悲伤呢？在一座古老的火车站，一对恋人为情纠缠不已，又老又丑的男人向暴戾的少年开枪，子弹以丑恶的力量击破优美，同时击破那能将诗歌写出颜色和香味的少年的手掌，并从此击破了他们的亲密关系。熟知文学史的人必知他们是谁！

在这些事件里，爱情，是个魔鬼与天使混合的称谓。在这些事件里，爱情是一面叫风月宝鉴的镜子，它一面是灵魂的祥和、温暖、优美，另一面则是肉体的血腥、占有、毁灭。同性爱如何，异性爱怎地？最终无非——无非都要的是对方的身体。对多数人来说，爱，除了占有，还是占有。人类的孤独是如此刻骨。人类需要融为一体才能证明自己。而人类又是如此擅长犯罪。爱，在某种程度上是一种肉体的“罪”，这“罪”一旦与欲望媾和，必然要犯更大的罪，我们都是罪人而已。

听，有人在那幕法国戏剧后面配着歌曲：

人间关系

如此残破

如同魏尔伦与兰波

……

{夫妻与情人}

夫妻与情人是两个对立的体系。

夫妻是以获取利益为前提的社会体系，而情人是以消耗为主体的社会体系。情人具有一切纯女性的特征。优雅娇俏的体形、温柔动听的声音、病恹恹的花容，这皆是消耗型人格的指数与特征。《茶花女》里的女主人公玛格丽特与《红楼梦》里的林黛玉就是这等消耗型人格的最佳范例：一、二者皆有肺痨（疾病对身体细胞的消耗）。二、二者皆用一种植物来指代她们弱不禁风的形体与灵魂：玛格丽特——茶花，林黛玉——绛珠仙草（植物性女子需要护养的消耗）。三、二者皆死于痴情（剩余时间的消耗）。痴情是一项伟大而耗时的事业，这项事业要求痴情主体拥有大量的剩余时间作为资本。而剩余时间是有闲阶级的特权。就资本的本质而言，资本家按时酬工，时间代表的就是金钱。宝玉说黛玉“从来不说那样的混账话”（逼他读书上进求取功名），殊不知，这正是宝钗肯说这等混账话，赢得了婚姻的根本原因。宝钗懂得婚姻之经济本质。黛玉显然不明白这一点，她只能是一个好的情人，她将生命、时间、眼泪，她所能拥有的一切，皆消耗于爱情之中。

徐志摩与陆小曼经历过一段浪漫的爱情之后成婚。婚后的徐志摩为了生存疲于奔命，往来京沪，高蹈于空，最终火焰般灿烂一把，化为灰烬。彼时，大众因徐志摩之死，对陆小曼的奢侈生活多抱以指责。其实，这怎么能怪陆小曼呢？陆小曼是标准的消耗型人格，她需要的是个养护她、滋润她、能使她从感情到物质两方面皆满足，并供给她大成本财物消耗的富有男人，而不是一位诗人。徐志摩与陆小曼的错误，错就错在将情人关系转换为夫妻关系。消耗型人格的情人却误兼了经济型妻子的职责，这必将导致家庭关系的紊乱，亦会直接导致家庭经济利益的崩溃。

然而，情爱学中有一种消耗比时间、财物的消耗更令人伤情，那便是容颜的消耗。杜拉斯的《情人》开头有一段颇为著名的文字，“我已经老了。有一天，在一处公共场所的大厅里，有一个男人向我走来，他主动介绍自己，他对我说：我认识你，我永远记得你。那时候，你还很年轻，人人都说你很美，现在，我是特地来告诉你，对我来说，我觉得你比年轻时还要美，那时你是年轻女人，与你年轻时相比，我更爱你现在备受摧残的容貌。”很多人将这段话熟记于心，却不知这段话是由叶芝的诗歌《当你老了》中的钻石级诗句——“多少人爱你青春欢畅的时辰，爱慕你的美丽，假意或者真心，只有一个人爱你那朝圣者的灵魂，爱你衰老了的脸上痛苦的皱纹”演化而来。杜拉斯的聪明，在于她将叶芝的诗歌话语彻底转化为她的小说话语而已。但，我想指出的是杜拉斯小说中“被毁坏的容颜”与叶芝诗歌中“衰老了的脸上痛苦的皱纹”是两种截然不同的衰老容颜。前者指的是一副因情欲的剧烈消耗，而在短时间内大幅度被毁坏的容颜。后者指的却是顺其自然，在漫长岁月里渐渐衰老的容颜。

在我看来，《情人》是一部真正的叙述情爱消耗型的伟大小说。其消耗是以一张少女之脸提前几十年被毁坏为代价的——“十八岁的时候我就衰老了”。《情人》里的少女一直不肯承认她爱过那个中国男人。她从不对他说爱。她要他把她当作任何其他女人。她对他说她只是喜欢和他一起做爱。这是因爱的无望而引起的消耗特性，这种消耗在情感、身体等方面超载的状况下，直接转向了对容颜的伤害。从一开始，白人少女就知道白人社会不会容忍这个中国男子，而黄皮肤的中国富商家族，亦不会容忍一位贫困的白人少女。杜拉斯在后文紧跟着写道：“我常听说我之所以过早地衰老是由于整个童年时期受阳光强烈照射的缘故。但我从来就不相信这种说法。也有人对我说过穷人的孩子爱多思。不过，实际情况并非如此。”是的，实际情况并非如此，实际情况是她的容颜老了，在爱的那两三年被消耗而老，老得一塌糊涂。

杜拉斯的这种情爱消耗式叙事手段，王小波从结构到语言皆深为神往。事实上王小波的《黄金时代》的结构，就是对杜拉斯《情人》结构的复制。其唯一的区别是将性别角色进行了互换，且叙述者由女性之“我”换为男性之“我”，情人由中国男子换成了陈清扬。故事构架亦是不可能之爱情，亦是以疯狂的性消耗代替了全部的爱消耗。甚至小说的结尾，陈清扬对王二说：“在那一瞬间她爱上了我，而且这件事永远不能改变。”这与《情人》中，中国男人对他所恋的白人情人所说的话如此相似，“他说他永远无法扯断对她的爱，他将至死爱着她”。但，这两段相似的话里，令我感兴趣的却是“永远”二字，“永远”在汉语里是个属于时间的词。显然“永远爱你”是情人语法，而非夫妻语法。情人语法中，短暂之时在倾其所能地耗减永远（疯狂地做爱），而永远在长久地消费短暂之时（长久的回忆）。正是因了情人之爱的动人，才令短暂之时与永远之时，第一次达到了点与面的伟大和解。

{情爱中物化快感的转移}

就我个人而言，我不喜欢《色·戒》。我仅仅想从情爱学的角度，解剖一下这部曾经红至绛紫的小说与电影。

从情爱学的角度看，《色·戒》从小说到电影皆是一种女性情商的历史性倒退。如若说张爱玲的原著描述了一种古典女性对男性的物化快感（在小说中，爱的借代物是一粒六克拉钻戒。他给她买钻戒，她便认为他爱她）。李安的电影提升点在于，他将这种女性物化式快感转移成了男性快感。李安一直选择有二度创作空间的作品，他喜欢改编二三流小说，从《卧虎藏龙》《断背山》到《色·戒》，他一贯地凭借着他的艺术功力，硬生生地将一部部二三流小说提升成一部部一流电影。众所周知，一流小说改编为一流电影存在的巨大困境在于它自身信息、艺术、哲思的完满。

《色·戒》的故事结构颇为老套。警察爱小偷、猎人爱猎物诸如此类的故事，在维多利亚时期的地下小说中就已多不胜数，我就不举例了。令我感兴趣的不是小说原型郑苹如是否爱上了她要刺杀的目标，而是写小说的作者本身的心态。明眼人皆能看出，张爱玲的这篇小说，无非是托郑苹如这只美女虎，给自己的旧情感谋一张可以开脱的皮罢了。小说里短短的几句话，泄露了小资心态，它其实是一种原始的怨妇式心理，“他们是原始的猎人与猎物的关系，虎与伥的关系，最终极的占有。她这才生是他的人，死是他的鬼”。（谁是谁的鬼？为什么要成为他的鬼？仅仅因为一枚感天动地的物化至极端的六克拉钻戒？）

原著中颇少涉及性，但李安的敏锐正在这里，他看出这篇小说在影射什么，他更看出了张胡之爱的根基所在。这是一场年轻女性性压抑之际偶然邂逅调情高手的灭顶之灾，更是一场男性快感所导致的性爱。现实版的西门庆对中国女性具有绝对的杀伤力，张爱玲的骨子里渗透了中国传统女性的世俗观。王小波凭借小说家的直觉说张爱玲将变态当艺术，并非无中生有。而李安电影中三场风格迥异的情色场面，非常优美地表达了三种递进式情爱直至身心放松的两情相悦。电影里，李安以他男性的视角释读女主角与男主角的情感。其实，我们可以更进一步地说，李安是以他男性艺术家的视角深度地释读张爱玲与胡兰成的情感。电影里的男女主角是双重符码。王佳芝不是王佳芝，她是郑苹如与张爱玲的混合体。易默成不是易默成，他是丁默村与胡兰成的混合体。

我不知道李安是否读过魏宁格的作品《性与性格》，但他的这部电影，男主角依靠男性快感征服女主角的手段，好似专门去印证魏宁格与拉康关于女性的言论。魏宁格言，“对女人来说，雄性器官是本我，女人并不知道它的名字。她的命运就根植于此，这是她不能逃脱的一些事情——如此，男根就彻底并不可挽回地剥夺了她的自由”。这句话后来演变成拉康的名言“女性根本不存在”。（其实，从心理学角度讲，我们可以将拉康的这句话引申为：张爱玲根本不存在。二十世纪四十年代后的张爱玲，再也写不出好的作品。）

在我看来，《色·戒》里的这种古怪的中国女性之情商，比古典志怪小说《画皮》中的女鬼更为退化。鬼尚知做鬼的尊严。她披了一层美丽的人皮，梳洗打扮，无非为的是换取太原王生对她的宠爱。与白娘子的逆来顺受相异，王生的招道士之举，唤起了女鬼作为女性的原始反抗与暴烈——她剜了王生的心。而心是爱的器官。她剜心，为的是从心这个器官洞穿王生的自私本性。她不是王佳芝，她更懂得维护女性本该有的做人尊严。

第六章 —— *Chapter 6*

{ 鲜花与男性阳刚 }

{埃及艳后让恺撒着迷的秘密所在}

忙完正是半夜，扫一眼购物电视，想看看有没有好的按摩椅，谁知皆是美容广告。美乳的、美脸的、减肥的，乱花迷眼，数不胜数。甚至有广告将一块肉放在不粘锅里，然后将锅放在一个减肥仪上，只见肉在缩小，一片汪汪的油便溢了出来，显示出该仪器除却脂肪有多厉害。这则广告弱智离奇，最后偏跳出来个大美女，信誓旦旦地宣告自己就是如此减肥成功的，看到令人失笑。女人为了美，一向不遗余力，多么傻的广告皆信，多么傻的法子皆试，常常将自个的肉身当成小白鼠，生命不止，试验不休。

曾在一美容杂志上读到过这样的文章，说埃及艳后为了减肥，每月里有三日不进食。且她的美容面膜，是用马尿调和了一些药材的混合物。我想不来这样的面膜，用后是何等奇异的效果。更想不来恺撒吻她的时候，可否会嗅到一股马尿味儿？当然，我这想法纯属杞人忧天。没准恺撒就喜欢艳后身上那桀骜不驯的马骚味儿，并借此味道来满足他男人的征服欲，也未为可知的。但，新近存放在大英博物馆的艳后雕像却又证实，艳后矮且胖，容貌亦不甚美。更有学者据一批刚被发现的中世纪阿拉伯文献推测，艳后可能是一个富有才华的数学家、化学家和哲学家。她写过好几本关于科学的书，她的宫廷也绝非淫荡之所，而是知识人开智慧的聚会之地。看到这则消息，我倒偏信后者。一个只有容貌的女人如何能颠倒强悍英勇的恺撒与安东尼？她必有非同一般的大智慧。常见时下的一些写手叹息，红颜寂寞，才女无人爱惜。每次看到这样的陈词滥调，我就觉得酸味扑鼻。这该是酸女抑或假才女说的话吧？《围城》里假模假式的苏文纨倒是最适合发此种感叹的。真的才女，即若蠢笨的郭靖也知她们的好、她们的可爱，何况稍有头脑的男人们呢？

电影《花样年华》播放之后，旗袍在都市里很是流行了一阵子。这种衣服，我总觉得，看着好看，穿上却不甚舒服。元宝领高高耸起，似两柄劫持女子头颈的匕首，显示了女性大脑在男权社会里的逼仄地位。身体亦被裹得曲线毕露，既似暧昧勾引，又似推拒，一若一只即将出茧的蝶，处在疼痛美里。

历代的衣里，我最喜唐装，肥肥硕硕的肉体，裹在薄若蝉翼的丝织物里，好似一粒酥软的汤圆，着了斑斓华衣，珠圆玉润不说，还散溢着自然、大方、可人、芳香、自信的女性气息。时常想，时装公司若将内衣、睡衣融入唐韵，必会大赚一笔。可我这看法显然偏离了时尚，因为这是个以瘦为美的时代。最近市面上流行的内衣多是中式肚兜，红艳艳的一小块布，瘦者穿上犹如白莲藕打了红礼带，晶莹里露出喜气。胖者穿了，反似给肉体盖了肉联厂戳子。无聊时看了看《夜宴》，故事暂且不论，场景衣着看着倒似日本文化、日本戏。尤其面具戏的那部分，总让我想起日本的能剧。比对起来，日本比中国倒保留了更多的唐文化。衣着、戏、俳句以及浮士绘，怎么看都是唐文化的变种。直至相扑，不也看上去是宋徽宗时期发展至巅峰的角抵演变来的吗？可惜，自宋以后，女人的衣服越来越内敛，发展到后来，女人几近将肉身全部关进衣料的箱子里，且对此乐不思蜀，为了讨男人的欢喜，还折筋断骨地裹脚。这让我怀疑，女人如此热衷于自虐，是不是和她在两性关系中处于被动地位的性体位有关呢？譬如胭脂，譬如口红，譬如眼影，皆是性高潮来临时的身体反应特征。女人的妆容，有意无意地在进行性暗示。有人曾盛赞张爱玲将丝绸被面一剪，做了衣服穿在身上为天才之举。我却觉得，恰恰是这将身体穿成一张床一袭被的暗喻，令胡兰成那老花花公子占了便宜还不卖乖。他于张爱玲哪有什么爱情？他不过是谙熟女人心理，从她的文字与招摇过市的穿衣品味，看出了她的寂寞以及性压抑，才沾沾自喜地撩拨她、调戏她去了。当然，这看法不单我有，好似在那个八卦回忆录里，读到过钱钟书偶见张爱玲，亦因张的穿衣颇有微词，微词内容大抵与《围城》里方鸿渐对公车上的浓妆女子的评价相类。

曾在某论坛看到二十世纪八十年代初期的一张烫发图片，发丝四牵，如若受刑。看着不由令人为女人对美的狂热追求肃然起敬。

女人爱美，是可爱的，不爱美的女人才令人厌恶。但爱美亦该有个限度，有女星为美容喝人胎盘汤的传说，现于各大论坛。这传说不知是真是假，若是真的，其残忍与食尸鬼有何差异？喝了它就真的会青春常驻吗？想来未必吧。

{ 陈晓旭的哀怨美学 }

陈晓旭演林黛玉，陈晓旭出家，陈晓旭患乳腺癌去世，再度满足了大众对偶像神化的胃口。

搜索网页，我们可以看到许多类似于神话级别的赞美。我对大众这类赞美没有异议。与翁美玲、张国荣之死相类，偶像之死是大众倾泻感情的一个出口。大众与偶像一直呈对偶关系。大众靠偶像的完美来寻求自己的完美。如若说偶像在经济上寄生于大众，那么大众反过来从情感上寄生于偶像。杨丽娟孟姜女般千里追寻刘德华，即是情感极端寄生的最佳范例。

新版《射雕英雄传》播放之后，古灵精怪的周迅，因翁迷的存在，遭到莫名的打击，由此可以看出大众对死亡偶像的深刻爱意。就我看来，周迅在《射雕英雄传》里的表演，绝对不亚于翁美玲。但对于患有偶像初恋情结的大众（翁版黄蓉是大陆观众在贫瘠的年代看到的第一个黄蓉），周迅的表演就无法原谅。你怎么能去演一个既令我们感受初恋式情感，又令我们感受到生离死别的偶像曾经扮演过的角色？偶像之死令大众的情感寄生得到了前所未有的平衡：我爱着你，我同情了你，我最了解你（多么自作多情的恶俗）！

同样，陈晓旭也是在那个人人以观看电视为过夜生活的主要方式的年代里，扮演了第一个林妹妹。这个偶像对大众而言，是满足了初恋式情结的偶像。陈晓旭之死，已经从大众神话的角度，提前宣布了新版《红楼梦》未来的命运。它不曾开拍，就注定是一个败笔。无论它如何宣传、造势、海选、演绎，在大众的眼里，活人与死去的、神话了的、永不回归的偶像，根本无法媲美（死亡使得偶像更为诗意）。

陈晓旭的脸蛋，从眼睛到下巴，皆在表达着一种恒久不变的虚弱。这是一张具有闷闷不乐的美学意味的脸，这张脸的优势在于它总能引起人们的无限爱怜。这张脸的忧愁多过美貌。在懂得古典韵味的化妆师的笔下，陈晓旭的眼睛就是忧愁所裂开的晶莹伤口。这伤口时时在宣告：女人是幽怨的、女人是纤弱的、女人是水做的……再加上她微微低倾的头，纤手将唇轻掩的戏剧式古典美女姿态，更使得这种虚弱姿态加剧。以虚弱为美，是林妹妹的原初魅力。大众因这原初魅力，视线发生了模糊，分不清哪个是林黛玉，哪个又是陈晓旭，于是将林黛玉与陈晓旭混为一体。

然而，从现实角度讲，这显然是一种艺术化的、表演性的、修辞性的、墨镜式的虚弱。我们都知道陈晓旭是个女企业家，身家上亿，为人坚忍，面临疾病，自选出家。这是个与林妹妹截然不同的坚强女性。作为女人，我佩服她，但也仅仅是以佩服陈晓旭的角度而佩服，不是以痴迷林妹妹的方式而痴迷。陈晓旭出家时，一位朋友很是哀伤，找我倾诉，并荒诞言说这部戏有魔性，大部分演员在重复她们所演角色的命运。我听了半天，问了一句："你是喜欢林妹妹，还是陈晓旭？"朋友答："林妹妹。"我又问："既然是林妹妹，以林妹妹的性格，即使重生于世，会跑去开公司吗（我并不仇富）？"对方半天无语。

这是个大众文化的神话时代，促成了影视神话的发达。偶像崇拜不仅仅是五陵少年的事，很多成熟年龄的男女都在为偶像疯狂。

{第 207 根骨头}

2008 年 6 月，法国时尚界传奇人物圣罗兰去世。法国报刊在发布这一令人丧气的讣闻的同时，刊登了一则有关圣罗兰日常生活的趣闻，说圣罗兰几十年如一日地戴着一副从不更换的眼镜。一位在时尚界翻手为云覆手为雨、花样百出的设计大师，为什么对一副拙朴的眼镜如此痴情？在我看来，这则趣闻不但充满了矛盾修辞法，更涉及了时尚符号学的根本。时尚的秘密何在？时尚的秘密就在圣罗兰与他的眼镜之中。

常戴眼镜的人会发生这样的错觉，他会把自己熟悉的那款眼镜误认为是自己身体上的一部分，它是他的第 207 根骨头，而非身外之物。圣罗兰亦然。要知道，消费时代，人们消费的不是物的使用价值，而是物的剩余价值、梦幻价值、符号价值。这些价值由电视、电影、网络等媒体中轮番轰炸的广告所催生。圣罗兰这一时尚品牌的系列产品不仅仅是用来蔽体的衣服、用以饰面的化妆品、用以喷洒的香氛等，它更给消费者传递着这样的时尚信号：使用圣罗兰产品，你就成了贵族。你会变得高贵、优雅、艺术、富有。圣罗兰作为一个时尚造梦人，引导且催眠着消费者进入他所缔造的贵族式时尚仙境，使得购买者迷醉于“圣罗兰品牌的眩晕”里不能自拔，而他自身却超然物外。这是时尚巫师的魅惑本能。与原始部落相比，消费时代的时尚大师行使了原始部落里巫师的魅惑职能：信徒虔诚下跪膜拜，巫师手握神秘权柄与上天相连相通。信徒在巫师的指导之下消费各种各样的物，巫师却坚守着某一确定不移的品质。在圣罗兰与陪伴他一生的眼镜之间，存在一个这样的真理：“时尚”这个词虽然妻妾成群地拥有颇多能指，所指却匮乏到君王般高贵。圣罗兰的眼镜就是圣罗兰对时尚的转喻。它有且只有一个，它咄咄逼人地宣告着这样的旨谕：我即时尚。

有一位诗人朋友，无论白天还是夜晚总是戴着墨镜。墨镜成了他与这个世界的边界。这令我想起了亦有佩戴墨镜癖的电影导演王家卫。墨镜于他们已经成了一个符号，一条与外界隔离的边界线。他们躲藏在乌黑的镜片之后窥视别人，而别人无法穿越那两片乌云去窥视他们。墨镜在此既有一种类似于偷窥的摄影镜头般的功用，更起着喷射墨汁的章鱼般的自我保护作用。然而，最令我好奇的是像王家卫和我朋友此类不分白天与黑夜戴墨镜的人，偶尔摘掉眼镜会给观看者造成什么效应？要知道，一个总被神秘遮掩的部位蓦然被裸露出来，其惊骇度绝对不亚于一部恐惧片的惊骇度。曾见过一位戴墨镜者，突然在我的面前摘下墨镜来，将我吓得不轻，并觉得自己莫名地受了侮辱，因他眼光里有一种类似于露阴癖患者的病态神情：露阴癖患者以暴露他们的生殖器来惊吓人，戴墨镜者以暴露他们伤口般的眼睛来吓人。

一些男人戴眼镜与一些女人戴文胸的功用相同，是技术性的。这些物件是身体的修辞。眼镜是对眼睛、鼻梁以及整个脸部的修辞。文胸是对女性乳房的修辞。对于女人而言，文胸是身体上外延出去的建筑性阳台。此阳台专门用于陈放、烘托、美化、修饰、放大《圣经》里所赞美的鸽子般洁白的女性乳房，并在四周装饰满蕾丝花边、蝴蝶结、小缎带等可爱的人造物，一若建筑阳台上挂满了藤蔓缠绕、香味混杂、姿态各异的花卉盆景。

很多人都有第207根骨头。这一根骨头是人类赠送给自己的礼物。上帝造人，并从亚当的躯体里取走第207根骨头造了夏娃，人类自此后一直对上帝此举耿耿于怀，他们与上帝为敌，他们要找回属于自己的那一根骨头，他们孜孜不倦地想借外物恢复自己的第207根骨头。于是，具有原创精神的作家的第207骨头，不是他的作品，而是他作品里独特的风格。具有天籁之声的歌唱者的第207骨头，不是他所唱的歌曲，而是他独一无二的发音特质。具有创造精神的时尚大师的第207根骨头，不是他设计的时尚产品，而是他鼻梁上从不被遗弃的眼镜。消费时代的消费者也有第207根骨头，只不过他们的这根骨头在不同的时间呈现出不同的容貌。他们是被蛊惑、被引导、被放牧的信徒。他们在时尚巫师们的牵引之下，借着各种各样的时尚之物，不停地置换着那一根永远无法确定却渴望拥有的第207根骨头。

{ 无镜片眼镜的文化标签功能 }

夏日临近，走在街头，时不时看到只佩戴着空镜框的潮男潮女，有时候忍不住想伸出手指去戳，试探一下那片空无，如同童年时因好奇而对一个洞穴进行毫无意义的冒险。

不知从什么时候起，这种无镜片眼镜成了潮流的一部分。据说在中国，它起始于一部白领们热衷观看的小资电视剧《男人帮》。《男人帮》中的顾小白是一位自由撰稿人，他是近视眼，他佩戴隐形眼镜。隐形眼镜是传统眼镜中的间谍，它虽然具有实际的使用功能，却不具有传统眼镜的标示文化身份的功能。一部通俗电视剧如何告知广大观众电视剧中的主角是一位文化人？隐形眼镜显然无法彰显一个人的文化身份，无镜片眼镜就此登场，它以框架的在场，镜片的不在场，再次指控了传统符号在后现代社会中的严重分裂：每一个符号的所指严重地游离于能指之外。每一个符号都是空符号。它要借用一个空空如也的镜框从头到尾地告诉电视剧的观众：这位主角是一个文化人。他代言的是文化人的爱情模式与做事风格。由此可见，从十三世纪培根偶然发明眼镜，经过七个世纪的时间洗礼，眼镜的功能由最初的使用功能逐渐转换为纯粹的审美功能，这是符号在时间的流转中收获的意外果实。

一个美丽的故事如此描述眼镜的起源：一个雨后的下午，十三世纪的培根漫步在夏日花园。雨水味、泥土味、植物的馨香味混杂一处。被水珠沐浴后的花朵的色泽、枝叶的颜色都呈现着珍宝才有的光泽。一张硕大的蛛网上缀满了晶莹剔透的雨滴，好似神正在谱写一曲圣歌。培根弯下腰来，想仔细聆听这来自上苍的歌曲，却见到另外一种奇迹：目光穿越水滴，置于水滴之后的叶子宛若翡翠，其脉络比平日更为逼真清晰。这一幕，是传说中激发培根发明眼镜的思想之源。最早的眼镜由一个镶嵌着玻璃的圆木框与一个用于抓握的木柄组成，它的模样如此笨拙，人们握着它，好似握着肢体之外的第三只眼睛。直至十六世纪，眼镜才演变为如今的样子：搁置在人类的两耳与鼻梁之上，既辅助着人们的视力，又修饰着人类的容貌。

器物刚出现的时候，人们注重的是它的使用功能，而非美学功能。器物的美学功能，是人类在满足了使用功能之后叠加在器物之上的。这也是乔布斯的苹果完胜别的电子器物的根本原因。美，是器物使用功能之后人类所追求的额外价值。作为一种视觉辅助物，眼镜对容貌有着特殊的修饰作用，它不但修饰着眼睛，将眼睛如湖泊般镶嵌在画框里，还改变着一个人的基本容貌。圆脸因佩戴方型眼镜而显得有个性，尖脸则因佩戴镜框弧度圆润的眼镜而被削减尖锐。一个毫无内涵比较强悍的女人，戴上一副眼镜便会蓦然显得温雅起来。为何如此？因眼镜古老的象征语意在发挥作用。自眼镜诞生的那日，它便携带着探索、求知、积累、修养等文化符码。

无镜片眼镜最初流行于日本。日本女人日常妆容使用大量的假睫毛，镜片就此成了一种美的阻碍物。它不但阻挡了假睫毛的小鸟扇动翅膀的迷人效应，还阻挡了男女的眼波交流。镜片的反光功能成为交流的障碍物。明眸善睐，一道人造玻璃墙却人为地割断开这善睐的女性魅力。后现代社会的女性是由人造物堆积起来的鲜花盔甲战士。隐形眼镜与美瞳的普及，更使得女性眼波如同核弹，它要求一种眼光的核辐射：男人们被这眼光震惊、电击，所到之处一片光秃无物，就此休克。真正的恋物癖患者是男性，而非女性，女性仅仅是将这些纷繁的物穿戴起来，从而以物的繁多来取悦男性罢了。

无镜片眼镜作为日本女性的时尚，却在中国电视剧的男性角色中寻觅到它的镜像，这是一种有趣的现象。它说明，中国男性的女性化现象日益严重。然而，混淆性别的界限，原本是时尚的职能之一。我们常常在 T 形台上，看到无胸的女模特与妖娆的男模特迈着猫步，无性人一般轻盈走来。是的，模特没有性别，模特超越了性的规则与界限。

隐形眼镜诞生的时候，便有人惊呼传统眼镜会消失。这其实毫无必要，即若只剩下镜框，时尚亦会保留眼镜这一传统形式。时尚不会抛弃一切旧有的事物。时尚是一种无穷无尽的转世轮回。时尚常常要“借尸还魂”。我从来不担心书的消失，就如我从来不担心眼镜的消失一样。我能够想象到这么一天：在地铁里、电车上、公园中，一个戴着无镜片眼镜的年轻人正在阅读着一本纸质书，一本被伴装成纸质书的电子书。因为这是一种文化标签，一种时尚，她（他）想借此来诱惑一位小伙或者小姑娘。

当然，对人类而言，终极的空无，是人的空无。不久的将来，我们面对的不仅仅是无镜片的眼镜、无脂肪的牛奶、无纸张的书籍、无爱的伴侣（塑胶娃娃），还有无人的人——那便是智能机器人时代的全面降临。那个时候，人类很可能作为一种艺术美学或考古学标本而存在，如同恐龙之于我们。但这已是后话，因那时的一切已与我们无关，唯一不朽的是时间这位帝王。

{八十岁仍旧灿放的男性模特}

世界各大时装周，事实上早已成为能指的坟墓——各种稀奇古怪赚取眼球的时尚符号，在诞生的那一刻，便进入了垂死状态。但时尚是一种不畏死亡的、母蜂王一般的生产机器，至于生产之后是否能够成活、能够在市场流通，从来不是时尚所关心的事物。也就是说，大多世界时装周上所展示的所谓时装，只具有生产价值，而无交换价值与使用价值。这也是“秀场”这一词的本真所在：只是看，只是展示，只是一场眼球的饕餮，除此之外则是意义的零度、秩序的零度、价值的零度。

后现代社会 T 型台上的衣物，早已脱离了使用功能与审美功能，它更在乎的是如何制造吸引力、如何成为一种奇观式时尚。2015 年中国时装周上木乃伊式的棉被服，其视频一放上网络，便引来网民一片哄笑。这场以东北民间符号为底色的服装展示，充斥着俗艳的大红大绿、大面大花，不但裹住了模特儿的躯体，还裹住模特儿的面孔与双腿。面目不清的模特儿，宛若一具具行走的鲜花“僵尸”，在 T 型台上来回穿梭。明眼人可以看出，这场秀的所有灵感，皆是各种国外秀场的拼贴物：2014 年流行于法国时尚界的中国青岛大妈的脸基尼，在这里成了包裹在模特脑袋上的猫科动物面具；曾经穿在贝克汉姆之妻脚上的驴蹄形高跟鞋，在花色的遮蔽下成了模特儿脚上的鞋子；将棉被、褥子之类的床上用品改头换面为模特儿的包裹物，在国外秀场早已百转千回地让人见怪不怪了。我们所能见到的唯一的中国符码，便是那些作为衣物材质的姹紫嫣红的花朵。然而，众所周知，它来自流传数百年的民间棉染艺术。

在时尚能指的垃圾堆中，将各大秀场早已摒弃的符号捡拾、剪辑、集结起来，作为自己的时装设计展出，是一种既制造 T 型台怪物（那些模特），又制造时尚噪音的行为。对公众而言，时尚的噪音没有任何规则与风格可言，它只有一个目的：那便是以噪音的突兀度、杂乱度、刺耳度、难以忍受度引起公众的高度震惊，而后哄堂大笑。但令人诧异的是，人们在嘲笑整场秀的古怪之后，却对一位近八十岁的男性模特赞誉不休。是的，那是整场秀中唯一正常的非僵尸——穿衣正常、步态正常、身形正常、符合传统美学的人。在一群颜色鲜艳的民俗“僵尸”们袅袅而过之后，大家看到了一个鲜活的、身形健康的、步态昂扬的、与年龄高度不合的人。正是整场服装设计的过度反常，衬托出王德顺作为男性模特儿、作为人的正常。

在一个纯粹以消费为主的社会，时尚噪音的根本驱力便是不断地制造非理性话题。非理性在消解由理性建立起来的一切美学规则。

于是我们常常看到，在时尚的舞台上，各种稀松平常的廉价日用品、时代废弃物，宛如幽灵一般在 T 型台上回魂惊梦。诸如 LV 2007 年发布会的一款酷似中国人常常使用的廉价“蛇皮袋”的手提袋，香奈儿 2011 年时装会上的一款貌似中药包的小手袋，2014 年法国知名刊物大幅刊登脸基尼时尚大片等，皆是诸如此类的事物在 T 型台上上演的时尚变形记。

{Enchanted Doll 的情色魅力}

最近一种名叫 Enchanted Doll 的人偶红遍网络。Enchanted Doll 译过来就是被施了魔法的人偶。在欣赏这类人偶的精致之余，我感兴趣的是这类人偶的魔法之所在。颇多喜爱者说这人偶令他们吃惊，凝视她们的眼睛，你会觉得这些人偶也富有灵魂。但是，观看人偶之母 Marina Bychkova 所有的作品，你会发觉，这些由陶瓷烧制而成的身高不过十多厘米的所谓具有魔力的人偶，统统具有这样的共性：她们眼神哀怨，宛若破损的晶莹伤口。她们躯体情色，肉身上遍布女性性高潮来临时的红晕。她们关节外露，骨骼与肉身共处同一凝视。她们瘀痕斑斑，宛若正在朝某一假想人物递交女性受虐申请书。

据我所知，全世界百分之九十九的人偶皆是以女性作为原型。这与女性的容貌与躯体比起男性来更具有观看意义有着密切关联：她们的脸蛋涂脂抹粉，她们的躯体曲线优美，她们的灵魂扑朔迷离。所有现存的文学作品皆告诉我们，女性是迷。女性之所以是迷的原因在于，女性不但具有性诱惑力，还具有与性一样的令人迷惑的本质。女性比男性更接近性本身。如果说“男性”这个词的词根重点在于“男”字上面，那么“女性”这个词的词根重点则在于“性”。

比起美国的芭比娃娃的塑料材质，新近流行的日韩SD、DSD娃娃的高级树脂基质，Enchanted Doll在原材料上就技高一筹，它以瓷为底。众所周知，瓷器是由泥土烧制而成的。从神话学的意义上看，人类亦诞生于泥土。瓷的底子，是赋予模拟人类的人偶生命力的最佳材质。瓷的光滑，瓷的白净，瓷的脆弱，令人偶之美更接近于现实生活中的女性之美，要知道在传统审美观里美丽的女性本该如此：她们皮肤光滑宛若瓷器，她们肌体白皙一尘不染，她们娇小脆弱。所有这一切都在告诉我们，女人是水做的，女人是弱者。Enchanted Doll的第一个魔法，便来源于它几乎以假乱真的仿女性肌肤的材质。Enchanted Doll是女权时代的人偶对传统女性美的致敬与追忆，更是最后一瞥。

为了使得人偶更富有灵气，Enchanted Doll采取了人偶工艺的传统球形关节。为了防止陶瓷被磨损和破坏，在关节处加垫了灰色的绒布。人偶肢体运动的设计难度，反而赋予这些人偶与别的人偶截然不同的骨感。是的，骨感，这个时代是个讲究骨感的时代。最好瘦到骨头外露，骨头与肌肤共处同一视觉。现实美女们没有做到的事，Enchanted Doll做到了。要知道，人，是个二元生物，日常生活的人类大多处于二元的环境。白天替换黑夜，男人热爱女人，皮肤覆盖骨骼。皮肤是现象，骨骼是本质。皮肤是表面，骨骼是内里。Enchanted Doll 则是现象与本质处于同一水平面：我们看到这些人偶的肌肤，更看到了她们的骨头。这些骨头提醒她们与人类的不同，她们处于生与死的边界。她们既是死的（裸露的骨），又是活的（栩栩如生），她们是一群处于临界点的生物。在人偶这里，表面与内里没有任何对立，表面就是内里，内里就是表面。现象之后一无所有，这正是后现代哲学的核心所在。恰恰是这一点，构成 Enchanted Doll 的第二个魔法之源。

所有喜欢 Enchanted Doll 的人都喜欢这些人偶的眼睛。她们眼神潋滟，似乎正在吁请什么，又似乎要含泪哀诉。这眼神看上去更像开裂的晶莹伤口，而非眼光本身。是的，看到这样的眼神，没有人能不被唤起心中仅存的怜悯。这些小可怜儿，她们受伤了，且被伤害得很深。但是，她们受的是什么样的伤害呢？纵观这些十多厘米高的精灵，她们目光水灵，躯体粉嫩，肌肤绯红。这样的眼神不是正常女性拥有的眼神，这样的肌肤亦不是正常女性本该拥有的肌肤。只有在女性短暂的性高潮后，她们的眼神才会如此晶莹，她们的肌肤才会灵光一现地呈现出如此令人心动的粉红。女人最懂女人，设计师 Marina Bychkova 将女性千分之一秒的此时此刻式的情色之美，完全泼洒至这些骨骼外露的人偶躯体之上，使得性与死亡这一古老联盟再次以视觉的方式直接呈现在观看者眼前。这是一种深邃的移情。由此可见，将情色之美琥珀一般凝固是 Enchanted Doll 在挥舞它的第三个魔法之杖。

有人惊叹Enchanted Doll那些缀满了珠宝的头饰、衣物、鞋子。这有什么可惊叹的呢？它们没有任何魔力。它们都是修饰物，是形容词，是副词，是脱衣舞娘的道具。当巴尔特感叹法国脱衣舞是性的祛魅时，他不曾看到这些人偶。这些人偶实实在在地在召唤性、叙述性、吁请性，言说着性的本质：虐与被虐。即若脱掉最后一层衣服，她们仍旧穿着比香水更为曼妙的性与死亡的混搭之衣。她们是情色本身。Enchanted Doll是缩微版的性传奇。我相信，所有的Enchanted Doll的持有者，给这些人偶穿衣服、脱衣服之际所享受到的快感，不亚于观看任何一场脱衣舞娘的精彩演出所享受到的快感。

{ 从男性文身到女性蕾丝 }

华表奖颁奖晚会上，影星袁立以一款露出丁字内裤的蕾丝礼服一时震惊网络。蕾丝，是近年时尚界的新宠。以前的时尚界，蕾丝仅仅作为一种修饰物，镶嵌在女性衣服的领口、袖边、裙摆，如今则从修饰的边缘直驱中心，整片整片的蕾丝，大幅度地覆盖在女性肉体上，宛若第二层肌肤，将女性的躯体打造成一株会移动的植物：婀娜多姿，如花如蕾，似藤似蔓。在蕾丝礼服的修辞下，女人如花这一古老命题演变为女人如繁花，从而将女性躯体的情色化再次推向极致。

蕾丝衣料对女性躯体的装饰作用，与文身对男性身体的修饰有着相近的作用。文身是一种以肌肤为文本的身体语言，在北宋末期最为鼎盛，彼时的人们称文身为花绣。文身在宋末的流行与情色无关，与民间蓄意反抗官方的政治意识形态有关。宋时官方在有罪之人的脸颊上刺以丑陋的黑字，作为终身无法洗刷的羞辱标志，民间称之为打金印。底层人民为了反抗这等身体上的耻辱，不怕痛的江湖艺人、草根游民专门找好的花绣大师在自己的身体上铭刻龙、虎、豹等凶猛的悍兽。

这一流风，上至国家将领，下至民间大众，甚至一度影响到身强体壮的游民们的职业。历史上著名的爱国主义故事岳母刺字，便诞生于这一时间段。岳飞背上的“精忠报国”便是因家贫无钱找花绣大师，岳母 DIY 一把的文身杰作。而当时富户寻找帮闲，多寻裤管高挽，两条大腿上文满各种图案的汉子以壮声威（宋人称之为花腿马）。彼时文身之盛况，由此可见一斑。这是身体的政治经济学：官方将金印打在脸上，民间将虎豹文在身上。官方的“文身”丑陋不堪，民间的文身美轮美奂。官方文刺的是羞辱，民间铭刻的是颂扬。江湖汉子们满身的花绣在说话，在炫耀，在挑衅。它成为一种反抗者的身份符码，便于在芸芸众生中互相识别，歃血为盟。譬如《水浒传》中的浪子燕青，便因一身好花绣而蜚声江湖。燕青身上的好花绣，是他行走江湖最为直接的身体名片。

文身是一种以钢针为笔、肌肤为底的刺绣艺术，蕾丝则是一种轻盈的布料镂空技术。文身多半属于男人，蕾丝多半属于女性。文身在男性身上体现的是反抗者的凶猛，蕾丝在女性身体上呈现的则是情色式的诱惑。大多数女性渴慕美丽而绚烂的文身，因它看上去就像女性的第二层肌肤。但女性惧怕针刺的疼痛，更惧怕一生只穿一件花纹恒久不变的衣服，那对她们而言是最为恐怖的酷刑。福音就此出现了，贴身蕾丝衣料使渴慕花纹满身的女性们陶醉痴迷，它使时尚女性既免于恒久之苦，又赶了潮流之俏，既免于针刑的疼痛，又获得臆想中的丰姿。以最低成本获得最高收益，是时尚的一贯逻辑，更是女性身体政治经济学的基本原则。

众所周知，花是植物的生殖器。女人如花是一种含蓄的情色隐喻，只要不点破，女人都会以别人赞美自己如花而欣喜。时尚界用整片蕾丝布料打理衣服，是将女性整个躯体情色化的手段。与网格丝袜、网格面纱相类，蕾丝的若隐若现、欲遮还羞，皆是将女性肌肤分割成一小块一小块情色区域的手法。每一块肌肤都是诱人的。每一个分割开的小空间都是一朵含苞的花蕾。每一个小方格都是一个情色秘密。以前女性礼服上轻淡的蕾丝点缀，无非在腼腆地暗示观看者，穿者的躯体是一朵即将开放的花蕾，它含苞待放、矜持娴雅。如今满身蕾丝如音乐的复调般在女性肉体上高歌，则在告诉观看者，穿者的躯体是一棵正在盛放的花树，它傲视群雄、招蜂引蝶。穿蕾丝礼服的女性属于所有观看者，而非某一个观看者。她在诱惑所有人，而非某一个人。她是完全开放的，大家都可以来采蜜。这才是蕾丝礼服的真正奥秘，也是女性在情色上极度迎合男权意识，从而更好地颠覆男权意识形态的秘密。

{高跟鞋开启女性自我植物化的先河}

在童话故事里，小脚一直是女性美的一部分象征。格林童话《灰姑娘》里的那只水晶鞋，我们可以将之当作西方古典男性用以衡量女性美的一个标尺：在某个尺度内，就可以美至做王妃；在某个尺度外，就排除了做王妃的可能。《灰姑娘》里的水晶鞋与中国的三寸金莲意义相类，在脚的审美趣味上，东方男性与西方男性可以说是殊途同归。

法国有篇与《灰姑娘》相映成趣的童话叫《驴皮记》，讲的是一位公主因其父的乱伦式爱恋，被迫披着驴皮离家出走流浪荒野。一日，她在不曾披驴皮的情形下与一位王子相遇，王子爱上了她，并捡到了她手上所戴的戒指。与《灰姑娘》里的情节相同，这位王子为了找到他的心上人，就许诺谁戴上了这枚戒指谁就是他的新娘。我不清楚是什么缘故使得这个故事不如灰姑娘般广为流传。是因故事涉及了乱伦的禁忌，还是人们对女性纤细手指的审美比不过对脚部的审美？

日本的艺伎文化将女性植物化表达得最为彻底，那些当时名气最盛的艺伎，艺名往往是：松、竹、梅。从男性植物化女性的角度看，植物性女子的躯体除脚之外的其他部位，完全可以当作植物的叶、茎、花来审视。而脚，却是可以行走的柔软器官。海伦的私奔，使得男人们审视这柔软器官的时候，多了三分警戒。他们非常明白，一株能够行走的旖旎植物，既魔幻又有许多潜在的危机。

中国人辱骂一个女子所用的最恶毒的词便是破鞋。鞋而破之，显然说明此鞋的存在对脚毫无禁锢。这个词一语道明了鞋之于女子贞操的刑具本质。西方有句谚语：婚姻如同鞋子，合不合脚只有自己知道。说这句话的想必也是位深谙鞋之威力的男性。我们只要仔细地分析一下东、西方的这两句俗语，便会发觉，东西方古典文化中，女人的鞋隐喻的便是性、是阴道。经典童话《灰姑娘》之中的那双美轮美奂的水晶鞋，无非是王权文化与男权文化的双重载体：光芒四射、价值昂贵的水晶鞋，只能来自物质丰溢的王侯世家。对女性身体截肢式的物恋——小而晶莹的脚（窄小的阴道）的痴迷，只能来自男权意识形态。仙女教母是来自王权与男权的代言人，仙女棒（弗洛伊德精神分析中的棒状物隐喻何物众所周知）一挥，骏马、美衣、水晶鞋纷纷从天而降，无非是王权神话与男权神话的变体而已。

因此，三寸金莲与水晶鞋（竖立在童话中的高跟鞋的鼻祖）在东、西方两个向度，皆以美的名誉，发挥着男权意识形态独占女性躯体、厘定女性审美、要将女性的双足根须化的威力：植物的根须特征便是细小、向下、长且深地扎入大地。东方的男权意识形态比较愚笨，纯然依靠肉体摧残的方式将女性的双足缩微变形为马铃薯般的块茎植物。西方的男权意识形态却在依赖科学，他们借助外物对女性的身体进行修辞。高跟鞋就是一种将女性的躯体拔高、变细，使之在行走时变得更为缓慢轻盈，从而篡改人体比例的修辞术。然而，男性将女性的双足根须化发挥得最为淋漓尽致的体现，是在十九世纪出现的唯美至极的芭蕾舞鞋。我们只要观看一些芭蕾舞的足尖舞片断，便能明白。那些精致窈窕的女人穿着轻纱，踮起脚尖，将腿脚完全幻化为两条根须般的细线，在舞台上跳跃、欢奔，表达着仙子般的轻盈与活泼。而那细薄的足尖却若植物的根须，离地一霎之后，坠落下来，似乎要深深地植入大地。

从美学方面看，高跟鞋不但使女人的身材前凸后翘，还让女人们行走起来风姿绰约更为旖旎。从历史的角度讲，高跟鞋是男性赐予女性夺取权力的悖论性武器：十五世纪，身高只有一米五几的法国国王路易十四，因觉自己的身高与权势的高度比例严重失调，于是命令相关人士发明了高跟鞋以助“太阳王”（路易十四自诩太阳王）之威。其时，宫廷里的美貌宫女，常常穿着平跟鞋四处游玩。于是路易十四便将这一发明当作管理宫女，以防她们健步走出宫廷的刑具。谁知，女人为了美，可以将一切刑具转为时尚武器。从此高跟鞋成为女性之美的必须装备。从建筑学原理上讲，高跟鞋使得女人可与男人试比高。众所周知，世界各地，建筑的高度一定程度上便是权力指数的直接显现。农耕文明时期，中国乡村社会，每家每户盖房子往往要进行房屋的高度竞赛。这种竞赛，不但彰显着屋主的经济实力，还显示着该家族在本地所具有的名望与地位。十七世纪，法国曾发生因一座教堂的尖顶超越另外一座教堂的，而导致教民混战的案例。从微观哲学方面看，高跟鞋是女性夺取权力的隐秘奠基石。没有高跟鞋，女性很可能至今都不知道女权，更不知道何谓女权主义。高跟鞋使得女性试与男人竞比高，使得女性慢慢步入了女权时代。这便是德国哲学家黑格尔所言的历史的诡计：禁锢女性之物，最终却成为女性夺取权力的起点与基石。

第七章 —— *Chapter 7*

{ 珍珠与钻石的欢喜相撞 }

皮肤

和朋友坐在一起吃饭，看到一个肌肤极为白皙的女人，她的审美癖又犯了，她低声说："快看，那女人的皮肤白得像雪。"朋友的视线转了一个圆圈，看着她："这很奇怪吗？这种白就在我的对面。"她这才知道，她所赞美的，她原本就拥有。或者，潜意识里，她在赞美她自己？人，无法看到人自身，却可以通过朋友这一面镜子，从他者那里投射出自己。但谁知道呢？没准那个女人是另一个她，在芸芸众生间裂变、离魂、分散。这样，人，就不是一个概念，人是一粒原子，人类就是一堆原子聚集物。

遗忘

一张快递单的背面画满了各种指令。她端详了半天，才想起那是她曾经构思的一部言情小说。看着这个书写在快递单背面的构思图，她想，这张快递单是个转喻。她一定还遗忘过一些大脑里一闪而过的灵光。那些重要或不重要的构思，一如臆想中的孩子，不曾诞生就已死去。书架上的快递单，是过去某一时刻脑时光的回魂，是日光下被快递而回的旧梦。

幻觉

话语很大程度上是一种谎言。我们的言说与真实必然在某一处断裂。当你越想靠近真实，真实就离你越远。就像当你越想以不为人知的手段自我消失，诸如假借飞机坠毁、火车出轨、汽车相撞等意外事故死亡，这些事故反而会以蟑螂的速度逃离你。

情色机器

艾柯在《丑的历史》里指出，Mechanicus（机器）一词源自拉丁文“moechair(通奸)”或“moechus(通奸者)”。她突然想起源于杜尚《大玻璃》的一个词——“守贞机器”。这个词意指那些没有使用功能的奢侈而美丽的机器。如此看来，杜尚不但用现成品僭越哲学，还以现成品的方式嬉戏着王尔德式的话语悖论：守贞机器，守贞的通奸者。一个事物，既要守贞，又要通奸，岂非处于这个世界上最为荒谬的两难之间?

言谈中的性

能够赤裸裸谈论性的人，并非对任何人都有性幻想。正因为他知道性的神秘在哪里，他才谈论它。当你谈论性，性根本就不在场。当你对性缄口不言，性恰恰无处不在。话语的性感与现实性感是小径分叉的花园，它通向不同的结局，而非同一点。言谈中的性，是天真无邪的性，是没有性征与性器官的性。没有阳具，没有阴道，没有肛门。完美的无、话语的空洞，得用言谈无休无止地来填充。

迷失

足球比赛中巴西败北，有人自杀。迷，就是迷失了自我，将自我投射在某一个非自我的场所之中，任客体屠杀、宰割、尸解。生命不能承受之重，其实就不能承受这个“我”以及“我的肉身”。消灭自我是对大写的人的阉割，是对小写的重（肉身之重）最为激烈的反抗。很多时候，人类希望自己能够迷失，迷失于爱、性、麻醉药以及宗教信仰等非自我的事物之中。其实，无论是谈哲学、佛，还是上帝，谈的都是自我。大他者其实就是懂得自我观照的大我者。我在。佛在。上帝在。哲思在。

阉割与孕育

有的文字具有一种先天的阉割能力，阉割阅读者的思维方式，阉割作者与读者间的对话空间，打乱阅读者的磁场，骚扰阅读者的立场。这样的阅读经验是一种震惊式经验，宛若波德莱尔诗歌里街头一瞥的女子。但也仅仅适合街头一瞥，而后迅速离去，相处久了会心生厌倦，连当初的震惊亦会丧失殆尽。有的文字却是一种孕育式文字，它温文尔雅地与阅读者调情、絮语、勾连，建立彼此间灵肉对话的拱门，在读者与作者之间形成精致绝伦的性爱磁场，而后射精、孕育、诞生。罗兰·巴特的文字，便是这种具有极强的生育能力的文字。

丧失与获得

德勒兹说，并不是人们将自己视为一个自我、一个个人或一个主体的时候，人们才以个人的命运讲话。相反，在经历过严重的丧失感之后，当个人倾心于贯穿其整个身心的多样性和强烈的感觉时，他才获得真正的个人的名义。是的，很多时候，我们为一颗正在幻灭的星辰而痛哭，却看不到真正的自我正在创伤的裂口里生出嫩芽。

顺时针奔跑

不再与时间抗衡，不再与世界抗衡。以羚羊的步伐跑过一盏盏路灯，喜悦在心里丰溢。顺时针奔跑，与猫，与狗，与植物，与时间本身。跨过旧日破碎不堪的尸体，放弃仇恨，会看到一扇静静开着的爱之门：温柔的光从里面丰溢而出。

饥饿

肉体恢复了饥饿感，胃在辛勤地劳作之后小狗一样汪汪地叫。这是以半年时光为代价的慢性复苏。总有朋友问她，你为什么不吃？你怎么吃这么一点？他们以为她在节食。他们不知，精神焦虑会导致肉体感官的丧失，其中包括：饥饿、痛、冷与热。医学上叫麻木。

我只想你

“我只想你。”——收到这么一条短信，不知该如何回复。曾收到过比这炽热百倍的情语，电光猛烈，炽烈之后空间全黑。诺言山崩地裂。世界分崩离析。过激的光是纯粹的黑。过度的语言是世界上最不可靠的事物。如今，她已懂得：爱，不是语言。爱，是行动。你为所爱之人做了些什么，而非你说了些什么。从今而后，她对这个词保持缄默。

梦

某夜梦到童年。山，紫色的苜蓿，玩伴，歌声，溪水，蜻蜓，长至小女孩膝盖的青草，奔跑，笑声，满脸皱纹的老太太在阳光里剔着假牙，一群孩子围成圆圈嬉闹。那是她小时候的暑期。这是最近最为轻快的梦：活泼、轻盈、无忧。醒来，不想起床。那个躺在青草丛里看着夕阳一寸一寸地在对面山头挪动光的纤足的女孩，如今躺在床上。她的枕边还遗有青草与苜蓿的芳香。躯壳会成长，衰老，死亡。记忆不会。梦不会。梦里她看光的变迁，醒时光来看她：窗帘一角，晨光已伸进了一只脚丫。

最深刻的误解

关于福柯，有一种深刻的误解。认为福柯的“人之死”仅仅在论述人的消亡，如同尼采论述“上帝之死”。福柯的“人之死”确切地说，指的是旧人之死，新人的形成，亦即尼采所言的“超人”。福柯的知音是德勒兹，德勒兹甚至完成了福柯未竟的事业。德勒兹《千高原》中所述的无器官的身体便是超人的身体，这样的身体，是可以在任何点结域的身体，亦可以在任何点解域的身体。

轻的诗学

她烦躁的时候，最常找来的书是巴特与卡尔维诺的。他们两人的文字具有药丸的特性，皆有一种奇异的慰抚功能，宛若熨斗，阅读过便熨平灵魂中蓦起的褶皱。从古至今，艺术便行在轻与重这两条截然相反的途径上。巴特与卡尔维诺皆是轻的象征。巴特的哲学是轻哲学，卡尔维诺的小说是轻小说。二者皆轻盈、轻逸、轻柔。他们的文字具有一种难以明言的温柔：光亮而不侵犯，智慧而不唐突。巴特的脸优雅而忧郁。卡尔维诺的面孔却从少年时代起便有一种喜剧演员的神情，且越老这面孔的喜剧意味越浓。这令她疑虑：智慧之神的面孔，在法国多半是忧郁，在意大利多半则是喜乐。

爱的死循环

读完《心的岁月》才发觉，每一个天才男性都需要一个精神之母，巴赫曼之于策兰，茨维塔耶娃之于帕斯捷尔纳克皆是如此。当策兰将自身所有的苦难倾倒进巴赫曼的心湖，巴赫曼便有了不能承受之重，她想逃脱。但，每个女人也都需要一个精神之父。茨维塔耶娃之所以弃帕斯捷尔纳克而爱上里尔克，就是寻找精神之父的结果。茨维塔耶娃真的能找到她的精神之父吗？不会的，如果他们有共同生活的时间，她会发觉，每一个男人都是个孩子，里尔克也是。

这个寻找的循环链上，里尔克需要的是他的精神之母莎乐美，茨维塔耶娃只能再次扮演莎乐美这一角色。

自身的反义词

妮可·基德曼主演的《狗镇》是一则有关人性的寓言。所有的人在影片的结尾，都成了自身的反义词：居民们由开初的善良者变为邪恶者，男主角由初始的道德家成为结尾的告密者，女主角由最初逆来顺受的天使变为冷酷嗜血的魔鬼，黑社会老大由最初的撒旦成了拯救者。唯一没有成为自身的反义词的是那只叫摩西的狗。摩西，神的使徒，带领以色列人逃离埃及的摩西，始终如一的摩西，在这里却是一只对着红月亮哀鸣的狗。在此，我们再次遭遇了昆德拉式的怀疑主义论调：与其相信人性美好，莫如相信一只狗。

童年食粮

面孔黧黑的外乡男人，手摇着一个宛若鱼雷的通体乌黑的爆米花机，炭火耀亮了他的面孔，爆米花机四周围满了观看与等待的人群，孩子们或好奇地欢奔，或弯腰捡拾蹦跳出米花篓的米粒。在某一刻，人们捂住耳朵，米花的焦香伴随着“嘭”的一声巨响，在空气里福音般四处弥散……这久违的气息，童年美妙的香味与场景之一，今天在小区的门口乡愁般再现。昏黄的路灯下，她，一个渐进中年的女人，提着一小袋玉米，如提着记忆的金鱼，一步一步地游进时间的躯体，游进过去的胃，去寻找童年的点点食粮。

文如其人

巴什拉在《梦想的诗学》里写道：“一个凡人何以超越生活成为诗人？”这句话点出了成为一个真正的诗人的实质：超越生活。一个掉进世俗的陷阱并被世俗挤压为一帧照片的灵魂，是无法轻盈起舞的。缪斯不会亲吻这样疲软的灵魂。好的诗歌是神赐予这个残酷世界的精神之蜜，它不但需要诗人有一个独立不羁、自由丰沛、毫不世俗的灵魂，还要求想象力与童真来做这灵魂的第一守夜人。

照片与最后的审判

阿甘本说，照片就是我们在最后审判日里凝住的那一刻。阿甘本的意思是，人类每一秒都在死亡，照片是这死亡的见证人。这是死亡的诗学，也是死亡的飞矢不动。所谓照片是我们在最后审判日里凝住的那一刻，是在无限切割时间的意义上谈论的。照片是记忆的抽屉，亦是人类每一瞬间的墓碑。我们观看照片，是在观看那个已经死去的自己。最后的审判是面对被切割的时间审判，这审判建立在时间的迷宫之上，照片是组成这迷宫的基本微粒。当然，这迷宫也是一个毫无出路的碎片废墟。

略萨的成长

作家分为两类：一类一出手便呈现出天才的基因，另一类却一路成长，不断地超越自己，拉美作家略萨显然属于后一种。从《继母颂》到《情爱笔记》，我们可以看出这位情色至上、自由至上者的文字成长经历。如果说中篇小说《继母颂》简陋的结构与惊世骇俗的故事情节，仅仅是为了挑衅读者的阅读底线，那么长篇小说《情爱笔记》却从结构到语言皆在巧思妙构地旁征博引，它汇聚了古今情爱游戏中所有荒诞不经的细节与想象。略萨写得很美，亦很陶醉，却比不过法国哲学家巴特的《恋人絮语》。巴特是个真正地洞悉了情色秘密的人，略萨却将他的情色游戏再次回溯至古典时期。这位戴着反叛面具的情色神父其实并不反叛，他所崇拜的教堂是文艺复兴时代的女性肉体。他给他小说中的女性进行着这样的情色洗礼：从脸蛋、胸脯、腰肢、臀部、阴部、大腿、膝盖，直至脚丫，女性肉体在他的笔下再次被分割化、贵妇化、唯美化、神奇化。宛若圣迹。

反智主义患者

不言轻而易见之事，不言显而易见之物。轻言浅显的事物，无非是反智主义患者最喜欢做的事。他们借此满足自身原本就短缺的某些品质：智慧、深度、良知、正义。激烈地反对某一意识形态的人，恰恰是他所反对的那种意识形态的映射。上帝与魔鬼，斗士与压迫者，主子与奴隶，施虐者与受虐者，偶像与粉丝，原本便是互动组合，宛若生物链中的食谱，一方缺少了另一方就根本无法存活。魔鬼是上帝的显影剂，没有魔鬼，上帝高大光辉的正义形象无法凸显。上帝是魔鬼的投影机，没有上帝，魔鬼之恶缺少了对比的根基。自古以来，多数人是反智主义患者，非此即彼，非白即黑，非男即女。我们所要做的是：破除聚会关系，寻找第三项。第三项，不是躲避，而是奇迹。不是犬儒，而是智慧。

表面张力

纳博科夫说，当前现实的一层薄薄清漆，覆盖在天然的或人造的材料之上，无论是谁想要停留现在，和现在同在，都必须十分小心，不要破坏现在的表面张力。

两个生化教授坐在实验室前喝咖啡，有个美丽的女人从外面走过。较老成持重的那位教授看到他同事脸上痴呆的神色，便说："她跟我们一样，75%以上是水。"同事依旧神色痴呆着说："是的，可你看看人家的表面张力！"

上面两者都提到了迷人的表面张力，只不过前者的表面张力是现实之膜，后面的表面张力是美女的肌肤。前者为了保持现状的假象，拒绝抚摸；后者为了保持魅力之惑，引诱抚摸。

穿裤子的简·奥斯汀

诺贝尔文学奖得主石黑一雄，被诺贝尔学院常任秘书丹尼尔斯形容为一位文学酒吧里的鸡尾酒调配员："简·奥斯汀和卡夫卡融合之后，就是石黑一雄的风格。但是，还要再加上些许的普鲁斯特，才算完整。"事实上，阅读过石黑一雄大量作品的读者，会发觉石黑一雄就是一位穿裤子的简·奥斯汀。他作品的风格与卡夫卡相距甚远，与普鲁斯特小说中构筑的记忆空间更风马牛不相及。卡夫卡小说中的人物的存在，是荒谬的存在；石黑一雄小说作品中人的存在，是顺应历史潮流的存在。普鲁斯特小说中的记忆术，是柏格森关于时间的"绵延"理论；石黑一雄作品中的记忆术，则是主体单纯的记忆短路：有益于自己的铭记一生，创伤性事件便自我掩埋。无论是《远山淡影》，还是《被掩埋的巨人》，这位英国文学的正宗传人，这位穿裤子的简·奥斯汀，皆用娓娓道来的女性细语，从男女对话、家长里短、生活琐事的侧光镜折射少许的历史光斑。他从不正视，他低视或者侧视历史的狮身人面像。

自返

反对谎言的人，自身却时刻在撒谎。推崇诚信的人，自身却没有任何诚信可言。反对庸俗的人，自身却沉迷于庸俗之中。反对极权的人，自身却有着深重的极权主义基因，稍握权柄，便想控制他人。这是一种软体动物，自我产生话语而后自我吞噬，自我产出躯体而后自我吞咽，自己的头咬自己的尾，不停地产出——吞咽，产出——吞咽，产出——吞咽，形成一个古怪的无法突围的恶性循环。

怀疑主义的三种样态

当她成为一个怀疑主义者时，她便开始探究怀疑主义。以昆德拉为代表的怀疑主义，是反讽式的怀疑主义。他站在虚无的地平线上，怀疑一切：爱、不朽、伟大、进军等。在昆德拉的眼里，这些崇高的词都是反讽的对象。在昆德拉看来，人类发明许多美妙动听的词，大多源于媚俗的动力。譬如不朽，便是多么愚蠢可笑的欲念。再譬如爱，那更是一个可笑可悲的词。很多时候，我们爱一条狗比爱一个人，更不期望回报，更可相依相偎。爱之不可靠，在特蕾莎爱卡列宁多过托马斯时就昭然若揭。以巴特为代表的怀疑主义，是优雅的怀疑主义。巴特站立在一个中间地带：暧昧，而不断言；零度，而不填充；摇曳，而不摇摆。优雅，对巴特而言，是一种姿态，更是一种立场。在无穷的否定——肯定——再否定——再肯定之间，巴特循着法国式的螺旋梯，把自己送至文字的埃菲尔铁塔，他在那里温文尔雅地俯瞰一切。以布罗茨基为代表的怀疑主义，是有基石的怀疑主义。那基石便是书籍。布罗茨基信仰文字的力量，更相信诗歌的力量。在布罗茨基看来，书，真正的好书，才是最终能够救赎人类的上帝。站在书籍的基石上反思人性、怀疑人类，是布罗茨基对这个世界最为终极的怀疑。三个智慧型男人，三种风格迥异的怀疑主义样态，无意间再次构筑了一个事关存在、事关虚无的结构主义铁三角。

细腻

巴特在 1976—1980 年间所著的三本法兰西学院课程讲义，值得读者深深回味。这是怎样的课堂，居然有这样的讲课方式？尤其是《中性》，一个细腻、优雅、睿智的男人赫然站在眼前。以前一直被人指引写作要从大处着手。仅结构而言，宏大没有什么错误，但宏大需要大量的细微之物来填充。巴特说：“优雅，等于生命的细微织物。”其实，卡尔维诺很早就给读者上了这一堂课。他在《寒夜冬行人》里，描写银杏叶子凌空分层落了下来的那一段落，细致得令人叹为观止、瞠目结舌。

反思

当一切落幕，她想，她该反思的是蕴藏在她的人性里的那些邪恶。奥登说：“他们永远不会向他们自身以及他们的情人开枪。”这里，诗人所谓的开枪，指的便是自我反思。你和什么样的人相爱，所爱之人便是你的镜像。他的瑕疵是你的瑕疵，他的傲慢是你的傲慢，他的谎言是你的谎言，他的人性之恶是你的人性之恶，他对不朽的虚荣是你对不朽的虚荣。他是你的镜子。他的一切折射着你的形象。你在他之内，他在你之内，你看到他的罪恶便是看到了你自己的罪恶。忏悔吧，反抗者！真正的反抗者，连自身亦要反抗的反抗者！

健康生活

跑步、阅读、码字，间歇的时候在小区漫步。心房挪空了，灵性完全自由。行在道上，有着沉甸甸的存在感。她在这里。她的生活便在这里。这里的一草、一木、一只蜥蜴，都与她有着真实可感的关系。一阵风吹过，几点细雨飘了下来。一滴落在她的头发里，缓缓地从发丝丛林浸至头皮，瞬间的凉，而后暖了起来，消失在皮肤里，与皮肤融为一体。一滴落在她柔软的肩上，顺肩往下流淌，宛若小而无色的虫子蠕动在肌肤上，又似轻柔至极的男性的手指轻轻地在她的肩上写着一个无言的字。一滴落在脚面，落在红色的被美甲师仔细描绘过的脚趾的指甲面上，露珠般凝固，她呆呆地看着，不敢轻挪，怕打破这刹那的寂静。目前，她只能感知到这三滴雨水在她的身体上同时唤起三层感触，其余的几滴呢？它们去了哪里？这个时候，她想变成一株树，一株生满了枝叶的树，树叶的感官、树叶的血脉，比她更晓得这几滴雨水的去处。

胖与瘦

一项最新的研究表明，男人在感到饥饿的时候，对身材偏胖的女人比较感兴趣，而在饱的时候则喜欢身材娇小的女人。研究还发现，男人比较穷时，也喜欢身材偏胖的女人。看到这则消息，她想到极权国家的宣传画。无一例外，这些宣传画中出现的人物是健康的、丰腴的、面色红润的、表情欢乐的。法式美女则骨感、平胸、优雅、慵懒。这表明，女性的肉体一直在表达男性的梦想，就若极权主义国家宣传画在表达该国的梦想一样。胖，就本质而言，是脂肪的过剩。过剩代表富裕、储蓄、可供挥霍。瘦，从经济学的角度看，是零储存，显然没有可供挥霍之物。男人喜欢丰满还是骨感的女人，确实与他当时的境遇有关。这一点，导演张艺谋、演员郑少秋显然是最佳代言人。张艺谋电影里的女主角，从巩利、章子怡到董洁，虽然拥有几乎相近的容貌，其形体却越来越娇小。郑少秋的几次婚恋，则是从极胖至瘦的有趣精简。

互换人格

蛇蝎美人对男人的致命诱惑，在于她们女性面具下所隐藏的男性人格：像男人一样工于心计，像男人一样为了目的不择手段。蛇蝎美人是戴了面具的男人。硬汉男人对女性的致命诱惑，恰恰在于他们男性妆容下所隐藏的女性人格：像女人一样注重细节，像女人一样侠骨柔肠。硬汉男人是化了妆的女人。

小资的美学信仰

小资生活完全在拷贝艺术，且拷贝的是劣质艺术品。这是小资们所拥有的美学信仰，媚俗是小资生活的全部核心。小资们的美学巫术拥有诸如此类的符号法器：白衬衣、张爱玲、村上春树、银镯女子，以及令人毛骨悚然的老派约会。生活对小资而言，就是一场模仿至死的蹩脚戏，而其自身却是一群零度灵魂的复制傀儡。

哲学时间与小说时间的对应物

本雅明的“此时此刻”，不是线性时间上的一个点，而是一个立体的时间、空间。这个时间、空间，汇聚了过去、现在甚至未来的异质性事件。也就是说，它是时间的一个高浓缩度的星丛。博尔赫斯的短篇小说《阿莱芺》中的阿莱芺可以被视为本雅明时间观的能明晰看见的实体之一。德勒兹从尼采的超人哲学里，演变来很多哲学概念：潜在、生成、逃逸线。在德勒兹哲学里，主体是生成性的主体，也是逃逸的主体。这里的逃逸线，不是逃遁，而是主体生成新的逃离权力装置的线，也即创新线。与本雅明时间观不同的是，德勒兹的时间观对应的是博尔赫斯小说中的“小径分岔的花园”的时间观。

爱之蜜与爱之罪

拉美作家的情爱作品，每一个词皆在语言中跳着桑巴舞。神圣阳光与广阔海水使得他们对性与爱有着原始人般的天真与坦荡。这是一种地域学上的天真之爱。无论马尔克斯、略萨，还是聂鲁达，日神对土地、花朵与女人的热爱，始终如光线的箭镞般照射并穿越过文本。这是一种逆基督的书写，性因此成为爱之蜜，而非爱之罪。

不会爱的痴爱者

《蒙马特遗书》是一本精神疾患者之书。整部小说的关键词是：伤害、疼痛、灵魂、无休无止的倾诉与祈求。爱的对象被置于被篡改与屠戮的神圣位置。被爱者想必明白：她爱的不是她，而是一个虚悬的既是耶稣又是犹大的古怪圣物。这是一个不会爱的人书写的痴爱之书。作者试图通过文字医疗自身欲望的创伤性疾患，但显然毫无出路。

网络原始社会

打开微博与微信，很多人在销售：销售他们的书籍，销售他们网店里的物品，销售他们家母鸡产的蛋，销售他们的失意与爱恋，甚至销售他们的床笫之欢与隐秘欲望。这令人怀疑，我们已经进入网络原始社会。资本主义社会的细密分工，因网络原始社会的出现而分崩离析。人人既是生产者，又是推销商；既是工人，又是资本家；既是艺术家，又是策展人；既是诗人，又是出版人；既是创作者，又是消费者……在多种身份的转换之间，人们进入了网络原始社会：人们借助虚拟市场，开始直接交易。我给你一根孔雀毛，你换我一颗野猪牙。互联网大佬却如上帝一般隐而不现，从大数据中俯瞰一切，目击他的子民们的一切交易。

作家的中性

作家的雌雄同体与独裁者的雌雄同体完全不同。这是一种不以他人的痛苦、奉献、压榨为乐趣的中性，一种优雅的、没有残缺的中性，一种自给自足的中性，一种呈现出开放状态的中性。书写一部卓越的作品，需要拥有一颗完全自由、独立、雌雄同体、男女性别同时在场的伟大灵魂。颇多艺术家在他者的躯体上追寻灵魂的完满，若普希金对娜塔莉亚，叶芝对毛特·岗。若无一颗这样的灵魂相伴，他们便痛不欲生，哪怕出于幻觉，他们也要制造出一个符合自己幻象的影子情人来与自身构成柏拉图的球形人。他们的爱情，作为情爱故事来讲颇为曲折动人。但作为现实，显然是一种错误的追逐。人类生而孤独。若能在有生之年，遇到那个能够与我们灵肉相通的人，我们必当感谢这相逢。若是不能，与其追求外在的虚构形象，莫如自己丰盈自身：令自己雌雄同体，时男时女，性别不明。在缔造伟大作品的同时，缔造一颗完美的阿莱芙式的灵魂。持有这样的观点，不是自恋，而是自足；不是自怜，而是自信。生命，因自身的存在而发光，哪怕是萤火虫式的微弱光芒，也是源于自身，而非他者的照耀。生命，更因自身的躯体与思想，泉水般常替常新。

迷园消失

一个有反思能力的人，事处漩涡，总是会问自己：“我哪里做错了，才导致这样的结果？”他必要寻得答案，好使得自己以后不再犯同样的错误。如同一只站在枯叶上的蚂蚁，在一大片水域上漂泊。所有的时间都耗在自责、追思、寻找出口的迷途之上。那些不堪回首的焦虑时光里，她不停地问自己：“我哪里做错了？我究竟错在哪里？”这些问话形成一片疑问的森林，她在这森林里穿行。这曾经的绿色迷园，不存在任何出路。当泰坦尼克号永不沉没的人造谎言在偶然的必然中轰然撞上冰山，真相便全部浮出水面，安然如秋天般降临。因她终于明白，一切的一切，不是她的错。从此以后，一切的一切，亦皆与她无涉。迷园豁然消失，道路彰显清晰。那一刻，海水波澜不惊，翠鸟低声欢鸣，曼陀罗漫天飞舞……佛，拈花微笑。

谎语的迷园

当一个精神分裂患者，无限制地在现实中重复自己的谎语，谎语自身便会构筑成巨大的迷园。迷园里的树木皆以美德的外貌生长成参天的罪恶。这迷园既可迷惑自身，又可迷惑他人。浪漫主义诗人最容易进入这样的谎语之门。昆德拉认为人行走在迷雾之中，因为人不能再活一次。在她看来，人即若可以再活一次，仍旧会继续身处迷雾。这是因人的驱恶本性所造成。就若一些男人，爱的每一个女人都有相似之处。其实他们爱的不是几个女人，仅仅是一个早已塑造在自己心里的女人的形象。

《盗梦空间》——七层梦的玲珑塔

看完诺兰的《盗梦空间》，不得不感叹诺兰是电影界的博尔赫斯，迷宫、镜子、空间、时间、死亡等大魔术师博尔赫斯惯玩的道具在诺兰的影像世界里缤纷呈现。现实——第一梦境（城市）——第二梦境（旅馆）——第三梦境（雪堡）——第四梦境（男主角与他的爱侣所构筑的灰色城市）——第五梦境（迷失域）——现实，直至结尾，梦与现实都无法分清。博尔赫斯说："我想，根本的问题是时间问题。"影片里每一空间皆用时间的长度来衡量，时间成了测量空间的一把尺子。当影院里灯光蓦亮，观影者会不由自问："我们身在何处？可是处于梦的设计师诺兰所构筑的第七层梦中？"

欣赏源于一个诗意的形象

欣赏一个人，是从什么时候开始的呢？她很清楚地知道，欣赏源于一个诗意的形象。那个中年男人站在一束艾草的前面，迷醉地嗅着，表情里有着一种未经世事的少年面对大自然时的茫然、忘我、羞涩以及陶醉。艾草修饰着男人，男人修饰着艾草，二者奇妙地互文，似乎一方是另一方的量词。男人的表情使得艾草以大自然的方式无垠地扩展，艾草的存在使得男人深藏在躯体内部的少年形象猛地击碎日常生活的面具。那一刻，时间以摄影的方式定格，一句诗以视觉的方式站立。她知道这欣赏是危险的。为了躲避这危险，她向后退去，似乎在退离一幅美学画面。她说，一些香水也加艾草的汁液的。

批评家的眼光

批评家应该具有这样的瞳仁，他的眼光是庖丁的利刃：远远地凝视文本，文本的语词花瓣一样凋落。最后仅仅剩下一具轮廓，那是隐藏在文本之后的骨肋，是炼金术士所要提炼而出的金子，是有待激活的僵尸，更是有待唤醒的真理。

欲望的消隐

爱是一种欲望。戒爱，便是戒掉欲望，使欲望慢慢消隐。很多时候，写着写着，她便停了下来，四处张望，不知自己写给谁，谁又是她的读者。欲望的客体已经雾气般消散，她却站在沙漠之上。对她来说，爱是心脏所掌管的。她不焦虑，只是疲惫，灰色的、淡淡的、没有自我怜惜的疲惫。有些时候，为了唤回激情，她想召唤仇恨，如鲁迅渴饮仇恨一样。事实上，鲁迅是个复仇者。仇恨是鲁迅的激情，更是鲁迅存在的理由。对鲁迅来说，没有仇恨，欲望的客体便会完全消失，生存便没有任何意义。可她已经没有仇恨。仇恨比爱更需要激情。伤及她的是爱的心脏，而非爱的胃口。她能做的仅仅是在消隐，将情感、记忆、时间沙漏一般一粒粒消隐，直至将自身完全消隐在某一时空。

球形监狱

巴塔耶认为，通奸是对婚姻禁忌的补充，战争是对杀人禁忌的补充。康德说，绝对的僭越正是律令本身的僭越。人类举手指斥别人的时候，一个手指指向别人，四个手指指向自己。我们以为走向未来，却反身回到过去。回溯，螺旋式上升是个古老的哲学命题。时间不是线性的，时间是个球形监狱，空间更是。人类不过是在这双重的监狱里自以为是地争争执执、生生灭灭。

平庸的善

善与恶，哪个类型更为繁多？齐泽克在《伊拉克：借来的壶》中将政治之恶划分为四个类型：极权的“理想主义”之恶，伴随着最美好的意图（即革命恐怖）；独裁主义之恶，其目的是单纯的腐化和权力（没有任何更高目标）；恐怖主义之恶，专注于冷酷无情地施加巨大伤害，注定引起畏惧与恐慌；阿伦特的“平庸之恶”，与无名的官僚结伴而行。由此可见，恶比善种属更多。但善仅仅是善吗？她想问的是有没有人如同划分恶一样给善分门别类？她更想问的是：存不存在平庸的善？

一句属于童年的语言

她可以理解一切，但无法原谅蓄意的谎言。蓄意的谎言是误导，更是遮蔽，而当事人都有知道真相的权力。这是她的洁癖，话语洁癖。当她睁大眼睛凝视某事某物的时候，她希望自己看到的是真实，而非假象。他看出了她的疑虑，似乎亦知她这一洁癖。他说：“骗你是小狗。”她笑了起来。这是句狡黠的语言，它已经模糊了谎言与真实的界限。这亦是一句孩子气的语言，因这样的语言显然属于童年，属于儿童式誓言。她想，大多爱中的语言，都是一种回归式语言：天真的回归，孩子气的回归，赤子之心的回归。

爱与同床共枕

闭上眼睛，她所能想起的皆是彼此相拥的模样。在他的胳膊下酣睡至天亮，晨光照进了房子。光的脚步惊醒了她，她轻轻地挪了挪头，知道自己躺在他的腋窝之下。静静地看着打鼾的他，有一种自己诞生于他的腋窝之下的奇异感与喜悦感，鼾声便是这诞生的伴唱。雅典娜诞生于宙斯的大脑，难道她诞生于他的腋窝吗？她嘲笑地问自己。他迷迷糊糊地睁开眼睛，看了看她，整个身子向她侧了过来，好似孩子在寻找母亲。她伸出胳膊把他的头环进前胸，抚摸着他的头发。这个时候，身份已经互换，他是她胳膊圆环中所诞生的孩子。昆德拉在《生命不能承受之轻》里借托马斯之口说，爱一个人是与对方同床共枕的欲望。这句话如斯正确。在同床共枕之际，相爱的人不但互换身份，互相嬉戏，亦在彼此的拥抱间一如婴孩初诞。每一天，每一刻，皆新得似远古时代伊甸园里初阳照射着的苹果叶。

女人与照片

比起男人，女人更喜欢摆放自己的照片。在家具上，在项链里，在梳妆盒间，在博客中。当然，这些照片基本上是“美”的，是大众眼里的美，美化过度的美，照片谎言式的美。这是不是在告诉我们，女人更喜欢端详自己？但这真的是一种自我端详吗？既然是自我端详，就应该以本真的面貌来端详，而非美化过的。美化的目的是供人观看，而非自我观看。女人摆放照片，更多的可能是以他者的眼光无时无刻不在端详自己。男人端详自己的时候很可能问的是：“我是谁？”女人端详自己的时候，更可能问的是：“这个美女是谁？”

莫扎特的欢悦

她不懂音乐，但能聆听出莫扎特乐曲里所蕴含的欢悦。那是种来自生命深处的欢悦、纯粹的欢悦、深邃的欢悦、不含任何杂质的欢悦。这欢悦具有水一样的特质。在莫扎特的音乐声里随手打开一本书来阅读，文字便像穿着乐符的鞋，含情脉脉地列队而来，整个房间瞬间诗化为看不见的澄澈之湖。几百年来，人们喜欢莫扎特，那是因为莫扎特的音乐具有母亲子宫一样的安逸特质，他带我们逆流而上，回至童年，回至诞生之前，回至胎儿，甚至回归为一粒等待中的卵子。

诗歌中的破折号

狄金森和茨维塔耶娃有着惊人的一致：她们都喜欢在诗歌中大量使用破折号……对狄金森与茨维塔耶娃而言，这符号代表着道路，一条阴性的道路，一个词通往另一个词的道路。

诗人之美

一些女人的美，在星辰与天体之间，如茨维塔耶娃。而另外一些女人的美，则在玫瑰与火焰之间，如昂山素季。还有一些女人的美，则在土地与世俗之间，如林徽因。美的面貌，多元如钻石的切面。漂亮不是美，美有灵韵在，美会穿透时间。漂亮是看对瞬间的惊喜，有可能凝固为永恒，有可能就此湮灭。阅读茨维塔耶娃的诗作，令人震惊的不是诗歌，而是茨维塔耶娃对语言的敏锐。茨维塔耶娃已与语言融为一体。毫无疑问，诗人该是一个种族的话语大师。诗人所有的时间都用在锤炼语言上，无论醒着还是睡眠。

智性的迷恋

迷恋智性的人，如痴迷自身的祖先。这很可能是一种智性匮乏的表现：因为饥饿，从而不停地吸食。她惊异于茨维塔耶娃与狄金森诗歌里所孕育的力与智性。茨维塔耶娃的智慧来自于她对语言的直觉，狄金森的智慧来自于她的自闭。孤独的人比群体的人更有力，因她聆听宇宙以及自身的声音多于来自群体的训诫。从空间美学上讲，这是一种建立在高度之中的深度，宛若教堂。萨宾娜逃离游行队伍遁至教堂的那一刻，找到的恰恰是美、静逸以及独自聆听的能力。

性感

一个文本性感的作家，在现实生活中必然性感。当然，文本的性感不是指文字里密织着赤裸裸的性描写，那是庸俗，而非性感。性感是诱惑，是孔雀的屏、天鹅的颈、豹的斑纹，而非孔雀的屁股、天鹅的排泄物。

分离与相遇

第一次阅读昆德拉的《相遇》，只是不喜，对睿智渐隐渐消在岁月里的那种不喜。那么聪明的人，文字怎么可以变得如此平淡，如此没有智慧？唯有感叹昆德拉老矣。再次翻开，却读出一个老人的忧伤与悲悯。是的，这悲悯与忧伤不但皱纹累累，更有沧桑的老年斑。皱纹和老年斑并不美丽，但衰老已至，无可否认。这便是存在，我们必须直视的存在。再精巧、再睿智的心灵，终有一天都会垂垂老矣。锋芒已逝，平和宛若白云，轻盈地滞留在生命的终端。第二次阅读，是第二次相遇，读者与作者在文字中的第二次相遇。这相遇与真正的爱情有些相类：在一段时间的阻隔之后，相互理解，彼此和解。有些时候，我们分离，是为了能够再次相遇，而后永不离弃。

聆听文字里珍珠与钻石的欢喜相撞

对她而言，“珍珠”这个名词是阴性的：柔和的光泽，圆润的形体，宛若人鱼的泪水。“钻石”这个词却是阳性的：耀眼的光辉，棱角分明的多面体，宛若多柄小刀的汇集。她是个词汇敏感症患者，这类人很可能分不清交往过的人的面孔，却能感触到每一个词的质地、颜色甚至温度。她们能将交往过的人在心里默默地变换成一个又一个的词，好似将袜子、鞋子、衣服、围巾等分门别类地放进专属它们的空间。活在黑暗里，她趋光，她是趋光的词汇敏感症患者。好的文字便是她的生命光源，她能够聆听出文字里珍珠与钻石的欢喜相撞。

{跋}

情爱学发凡：揭开语词的隐喻真相／朱大可

这是一本关于爱的词典，一篇写给爱的白皮书，一份向爱致敬的宣言。作者马小盐试图填补“情爱哲学”的空白，全世界只有罗兰·巴特写过《恋人絮语》，而她则试图撰写东方式的“情爱絮语”，她宣称：“写作是最繁茂的孤独、最形单影只的共舞、最无耻的深爱。”

这场旷日持久的“情爱学”絮语，囊括了关于情爱的各种主题。它至少可以被划分为五个彼此相关的语词体系——

人体系：指涉人的品种（情人、夫妻）、器官（青丝、胡子、舌头、皮肤、包皮、裸露或整容的身躯）、表情（微笑）、分泌物（眼泪）、举止（微笑、亲吻）、体味（“性香”）；

言语系：一种人体系的衍生品，它包含人的语音（耳语、歌声、噪音）、昵称（心肝、宝贝、亲爱的、甜心等）；

情态系：某种人体系的派生物，包括跟情感相关的禁忌、行为

（自杀、做爱、性交、诅咒、诋毁）、道德、性格和精神状态（激情、一见钟情、暗恋、失恋、嫉妒、孤独、恐惧、疯癫、剩余快感、恋物癖、同性恋、受虐狂、轻浮）；

人物系：那些在文学、影视和艺术品中出现的人物（林黛玉、维特、朱丽叶、罗密欧、蒙娜丽莎），以及小说家、诗人、艺术家和哲学家本人（拉康、博尔赫斯、卡夫卡、卡尔维诺、波德莱尔、本雅明、昆德拉、李安、凡·高、莎士比亚、聂鲁达、川端康成等）；

物体系：指涉植物（玫瑰、水仙、勿忘我草、山茶花）、调味料（盐）、建筑物（住宅、城堡、车厢、门、窗框、卷帘、建筑迷宫、桃花源之类的乌托邦）、雕塑、绘画、刻刀、镜子、书本、情书、照片、服饰（比基尼、旗袍）、编织物（毛衣和围巾），以及作为礼物的内裤、手镯、戒指和扇子、轮椅、细雨、白雪、咖啡、口香糖、手帕等。

所有这些语词都在涌向舌头，涌向灵魂的洞口，并被汉语的语法组织成一些简短的哲思。这些语词并非是堆砌之物，而是大千事物的细小导引，它们试图把我们引向那些需要细读、解剖、辨识和矫正的语义。马小盐所从事的正是这种“文化精神分析”。她要借此向我们揭示日常语词的真相。

但这些语词也自成谱系。它们独立存在，并不依赖于慵懒的人类。它们可能处于休眠状态，只要你言说，它们就立刻复活，并开始紧张地工作，把你导向某种特定的事物。语词拥有自己的秘密地图。而文化批评的意图，就是修订这份世俗语义地图，把语词驱赶到新意义的乐园。

《圣经》中，将盐与光提高到同样的地位："你们是世上的盐……你们是世上的光。"由此可见，盐对于人类的重要意义……盐之爱，是一种朴素而有味道的长久之爱。盐一样的爱，是光一样的爱。盐一样的眼泪，是海洋一样的眼泪，它蕴满了爱中所有的悲喜。湘妃竹的神话传说，是人类社会对早期情爱眼泪的颂歌。竹上的斑斑泪痕，是盐结晶腐蚀之后遗留下的踪迹，是泪的光泽汇聚。眼泪，这情爱美学中的盐质叙事道具，从湘妃到孟姜女，步步升级，直至到了《红楼梦》，终于完成了它盐之光泽的神奇诗意美。

这段叙述显然是对寻常的调味品"盐"的精神分析。它的语义经过圣经、舜神话、孟姜女传说和《红楼梦》等不同文本的叙述，发生了令人惊奇的历时性漂移：盐的本性是一种咸的物质，却被赋予光的特征，并因光亮而拥有美的属性。这场"咸—光—美"的三重语义飞跃，发生在庞大的历史时空之中，而作者却捕捉到了这条细弱的轨迹，犹如在茫茫暗夜里观看一只萤火虫的飞行。这种叙事足以把语词从世俗灰尘中解放出来，令其焕发出最古老的隐喻光亮。

这种语词解读在《织毛衣的精神分析》中得到了更加娴熟的运用。作者首先把毛衣解构为基始物毛线，然后讲述它的拆解、缠绕、编织和赠予，并把它变成情爱的起点和终点的戏剧性隐喻，这是一种典型的解构/换喻技法，它以饶有趣味的方式，宣示了毛衣的别样语义。

作为一种情爱礼物，毛衣的情爱哲学在于：它始终由一条线组成。在编织之初，它是一团线，在拆解之后，它仍旧是一团线。编织之中，它是结构主义。编织之前与之后，它是解构主义。在这缠绕的线团的起点与终点之间，恰恰是迷宫一般的情爱曲线与耗减：以一线团起头，开始缠绕、编织、捆绑、赠予，直至被拆解成一团线。在一件毛衣的生存与死亡之中，呈现的是爱的起点与终点。

不仅如此，作者沿着被拆解后的线团和线条继续行进，发现了它更多的隐秘语义，那就是“零”。编织和书写一样，无法逃避归零的噩耗。而在文章的结尾，线团的这种归零特性，却被发现是情爱的必然属性。作者在文末援引《红楼梦》的结局来佐证这种论断。它何等优美，又何等坚硬，宣告了情爱必然死亡的宿命。这是线团的终局，也是它的终极语义，横亘在我们面前，像一条无比阴郁的底线，成为向零度空间飞跃的踏板。

线团的形状早就告知我们，爱是个零存在。零的甜蜜，零的虚空。色即是空，爱更是空。我们织，我们织，我们没日没夜地织。

我们写，我们写，我们没日没夜地写。我们害怕零时刻的到来犹如害怕死亡的到来，我们一直行走在反抗爱死亡的路上。但，我们最终却发觉，经历过一切之后，我们能够占据的仅仅是起点与终点，我们不得不处于情爱零状态。

解构语词本身的隐喻意义，是把隐喻视为解构的对象。但这是远远不够的。我们已经发现，为了透彻地说明事物的内在隐喻性，作者只能采用隐喻的方式，用隐喻拆卸隐喻，用隐喻揭发隐喻，用隐喻论证隐喻，也就是把隐喻作为解构隐喻的基本工具。这是一种自我缠绕的手法，同时也是书写者的气质所致。隐喻成为一种思维模式，印刻在作者的骨头里，令她所有的文字毛孔都散发出诗性的气味。

对她而言，“珍珠”这个名词是阴性的：柔和的光泽，圆润的形体，宛若人鱼的泪水。“钻石”这个词却是阳性的：耀眼的光辉，棱角分明的多面体，宛若多柄小刀的汇集……活在黑暗里，她趋光，她是趋光的词汇敏感症患者。好的文字便是她的生命光源，她能够聆听出文字里珍珠与钻石的欢喜相撞。

这是关于文字的珍贵性和音乐性的华丽解构。文字在这里无疑就是珠玑本身，闪烁、跳跃、变幻，但它又必须采用珍珠、人鱼的眼泪、钻石之类的语词加以描述。这场狂欢式的隐喻是自由的，它发生在一个闭抑和暗黑的语词空间里，却不断跟外界交换想象的能量，令语词发出光芒和令人喜悦的声响。文字就这样在隐喻中照亮了书写者的灵魂。这照亮是情爱、是劝慰，也是针对规训的反抗。在一个语词被筛选、过滤和禁忌的语境里，隐喻变得如此重要，它不仅是趣味和美学，而且也是一种计谋，护卫着人想象与书写的边界。

更为有趣的是，作者还曾写过比较罕见的对称式隐喻："艾草修饰着男人，男人修饰着艾草，二者奇妙的互文，似乎一方是另一方的量词。"艾草和男人就此被定义为镜像和对偶的关系。

这种隐喻式解读的对象，甚至从语词扩大到了标点符号。例如，她把破折号阐释为一条弥散在诗句里的"阴性的道路"，而只有最敏锐的批评家，才会对那条印刷横线进行语义探查，因为这完全越出了语词细读的边界。但它却足以制造出这样一种强烈的印象——在情爱界的语言里，隐喻无所不在：

狄金森和茨维塔耶娃有着惊人的一致：她们都喜欢在诗歌中大量使用破折号……对狄金森与茨维塔耶娃而言，这符号代表着道路，一条阴性的道路，一个词通往另一个词的道路。

所有这些隐喻式书写，都是针对"情爱学"的语词探险。它指涉了性与爱、情与物、爱情与情色、对与错、真情和谎言、等待者和轻浮者、浪漫与快感、缄默与叫喊、失恋与自杀等诸多话题。这类话题通常是由女性主义垄断的，被用于抨击男权社会的傲慢和无耻，但马小盐却表达出超越女性主义和男性主义的更高视界。这正是她的独特之处。在这场“情爱学”的柔软书写里，没有女性主义者常见的性别优越感。而且，她的视线也很少涉及当下流行的各种性别议题，无论是“百合”或“蕾丝边”，还是二次元空间里的“耽美”。她粗暴地拒绝了刻奇化的时尚。

就性别立场而言，马小盐是一个典型的“他者”，却又露出女性批评家对事物（语词）的极度敏感，以及表述的细腻入微。她就像技艺娴熟的钟表匠，拆卸和玩味那古老的钟表，然后用优雅的语词重新加以组装。这操作是异常女性化的，但不属于女性主义。就其本性而言，本书的叙事主体并非“他者”，而是“她者”。

“情爱学”是一个古老的话题。它是日常生活中最微妙的，却被提升到“学”的高度。但在我看来，这“学”只是一种隐喻，它并不指向某个人文学科，而是指向类似于“叙事”“阐释”和“解构”之类的书写方式。而无论如何，“学”迫使我们学习，并从蒙尘的日常事物中发现真情、真相和真理。

正是从这个角度，我看到了“她者情爱学”被建构的意义。在人类的情爱史上，情爱时而被否认、践踏和鄙视，时而被赞颂、怜惜和崇拜，它的地位是极不稳定的。作者试图捍卫“真爱”的尊严，赋予它形而上的信念。这是关于人性的终极赞歌。面对人工智能即将统治人类的末日预言，我们也许应该躲入这座名叫“情爱”的人性避难所，从那里眺望正在崩塌的世界。

不仅如此，鉴于互联网工具语言的腐蚀，只有汉语写作界的极少数人才能持续地保持隐喻式写作的能力。这是衰退中的汉语的最大荣幸。跟西方字母语言相比，隐喻是汉字和汉语叙事的根本大法。隐喻的火焰一旦熄灭，汉语就将被低级语法及其口水泡沫淹没。就这个意义而言，任何一种隐喻式写作（言说），都是对汉语自身的祝贺，而隐喻族和隐喻者的存在，就是汉语得以永生的希望。是为跋。